Das Feuerschiff Siegfried Lenz

灯塔船

〔德〕西格弗里德·伦茨 著 赵燮生 朱刘华 译

人民文学出版社

著作权合同登记　图字 01-2020-1611

Siegfried Lenz
Das Feuerschiff

Das Feuerschiff © 1960 by Hoffmann und Campe Verlag, Hamburg, Germany.
Lehmanns Erzählungen oder So schön war mein Markt © 1959 by Hoffmann und Campe Verlag, Hamburg, Germany
Chinese language edition arranged through HERCULES Business & Culture GmbH, Germany
Simplified Chinese edition copyright © Shanghai 99 Readers' Culture Co., Ltd., 2021
All rights reserved.

图书在版编目(CIP)数据

灯塔船/(德)西格弗里德·伦茨著;赵燮生,朱刘华译.
—北京:人民文学出版社,2021
(中经典精选)
ISBN 978-7-02-016919-1

Ⅰ.①灯… Ⅱ.①西… ②赵… ③朱… Ⅲ.①中篇小说-德国-现代 Ⅳ.①I516.45

中国版本图书馆 CIP 数据核字(2021)第 005832 号

总 策 划	黄育海
责任编辑	朱卫净　李　翔
封面设计	汪佳诗

出版发行	人民文学出版社
社　　址	北京市朝内大街 166 号
邮政编码	100705
网　　址	http://www.rw-cn.com
印　　刷	上海利丰雅高印刷有限公司
经　　销	全国新华书店等
开　　本	889 毫米×1194 毫米　1/32
印　　张	7.125
字　　数	149 千字
版　　次	2021 年 4 月北京第 1 版
印　　次	2021 年 4 月第 1 次印刷
书　　号	978-7-02-016919-1
定　　价	69.00 元

如有印装质量问题,请与本社图书销售中心调换。电话:010-65233595

Novella

目 录

001	灯塔船
133	雷曼的讲述或我的市场曾经如此美好
183	塞尔维亚女孩
199	一种紧急自卫方式
216	译后记

灯塔船

他们长年累月驻守在游移不定的沙洲旁。战后九年来，他们这艘系着长长锚链的船，一直停泊在灰蒙蒙的海面上，像座火红的小山矗立在那儿，船体上布满了贝壳，长满了海藻。无论是在波罗的海风平浪静、波光粼粼、潮位很低的盛夏，还是在波涛汹涌、冰块冲击船舷撞成碎块的寒冬，他们的船除了送船坞短期维修外，总是停泊在那儿。这是一艘旧的备用灯塔船，战后经过重新装备，被派到这儿来，为过往船只指明航路，免得它们撞上游移不定的沙洲，闯进布有水雷的海域。

九年来，灯塔船的桅杆上高悬着黑色的圆球，这表明他们一直在坚守岗位。九年来，信号灯的灯光来回扫射，掠过漫长的海岸和夜色笼罩的海面，一直照射到那些小岛上；这些小岛灰蒙蒙的，又扁又平，像船桨似的突现在天际。如今，水雷已经排除，航道可以安全通行了。再过十四天，这艘旧灯塔船就要被拖进港内，这是他们最后一班岗了。

这最后一班岗应在冬季风暴来临之前结束，到那时，狂风卷起滔天巨浪扑进海湾，汹涌的波涛冲刷陡峭的沿岸，抛下海带、冰块和箭状的海草，平坦的海滩上像铺上了一层痂皮。但在风暴来临之前，漫长的海湾外，波罗的海一片平静，海面上轻波荡漾、海水变得湛蓝湛蓝。这是捕鱼的好季节：背部长着虎皮纹的鲭鱼成群结队地贴着水面游过，鳟鱼纷纷向闪光的诱鱼器游去，鳕鱼牢牢地钻进海底渔网的网眼里，像是被一支猎枪射进去似的。这时候也是近海航行最紧张的季节，敦实的机帆船、风帆船和多桅帆船装载着年内最后一批货物——坑木或经过粗加工的厚木板——从芬兰顺流而下，一直开进它们的冬季避风港内。在冬季风暴来临前，漫长的海湾口和小岛之间的海面上，总是挤满了船只。从灯塔船上放眼望去，可以看到这支船队响着隆隆的马达声，颠簸着，费力地在眼前驶过，驶向地平线后面的安全港。船只消失后，海鸥接踵而来，起初只是零星地飞来几只笨重的黑背鸥，到后来海鸥成群结队地飞来，呱呱地叫着，有的在灯塔船上空盘旋，有的在灯塔船的桅杆上栖息，也有的飞落在映着灯塔船淡红色倒影的水面上。

他们开始值最后一班岗的时候，海面上一片空荡荡的，几乎看不见摇摇晃晃的船只。只是偶尔有几条掉队的小船匆匆驶过，消失在地平线上。现在，在灯塔船上，他们只能看见早晚各一班的白色火车渡轮溅起的白色泡沫，驶向小岛后面，有时也能看见笨重的货轮和船体很宽的渔船满不在乎地从灯塔船旁驶过。

这天早晨，天空灰蒙蒙的，什么也看不见。系着长长锚链的灯塔船懒洋洋地躺在那儿，船身在颠簸动荡。涌来的海流堵在船体旁，海面上泛起一团像硫磺似的黄绿色的微光。一群灰鸭拍打着翅膀，嗖的一声在船边掠过水面，飞向海岛。每当轻柔的海浪把船身微微托起时，锚链摩擦作响，链孔里也发出喀喀声，听起来就像用撬棍从木箱上拔起锈钉发出的声音。滚滚而来的海浪拍击着船尾。一股宽涌的泛起泡沫的水流从海湾内一直伸向外海，宛如一根白色的血管，里面漂荡着海带、缠着海藻的木块、野草、软木塞和一只上下晃动的瓶子。这就是他们在值最后一班岗的第二天早晨。

弗莱塔克打开了舱门,抬头朝瞭望台望去。瞭望台上的那个人一直举着望远镜,他缓缓转动身子,只是转动他的上身和他的腰部,并没有移动他的双脚,仿佛他的双脚被铆死在甲板上似的。弗莱塔克一看就知道,海上没有发生什么事。他走到雾蒙蒙的舱外,透透清晨的空气。他是一个老水手,脖子细长,面孔瘦削,一双明亮如水的眼睛老是泪汪汪的,好像忆起了一件令人绝望的事情而在流泪。他身材矮小敦实,背有点佝偻。不过看得出来,他是一个身强力壮的人,他过去有力气,至今仍然有力气。他的手指粗糙,腿是罗圈腿,好像他小时候有人让他在浮桶上骑过似的。他在当灯塔船的船长之前,曾领着一艘船,一直往南跑到地中海东部地区,在这条倒霉的航线上跑了十六年。从那时起,他养成了一种习惯:总爱叼着半支熄灭了的纸烟在嘴里转来转去。吃饭的时候,他才把这半支烟小心翼翼地搁在盘子旁。

此刻,他背靠着舱门,把那半支熄灭了的纸烟在唇间动来动去。他朝海岛那边眺望,目光掠过伸向外海的那股泛起泡沫的水流,然后又望望沉船示警浮标,在浮标旁,一艘战时沉没的船在水面露出几根桅杆。就在他这样站着时,他发觉身后的门打开了。他头也没回就往旁边挪了一步,因为他知道开门的就是他儿子,他正在等他呢。

弗莱塔克是船长,他用不着问谁,也用不着得到谁的许可,就直接把儿子弗雷德带上船来值这最后一班岗。弗雷德是从医院里被接出来的,他因为水银中毒住在医院里。弗莱塔克看到个子高高的儿子躺在病床上，脸色苍白，目光凶狠，于是他在走廊里同医生商量了一下，然后回到病房对弗雷德说："明天跟我一起出海值班去。"虽然他儿子既不想回工场去当温度计吹制工，也不想到弗莱塔克的船上来，但他最终还是上了船，此刻正在值班。

弗雷德松开手，舱门吱吱呀呀地关上了。他以一种挑衅的、敌意的目光斜视着他的父亲。他没有同父亲打招呼，只是站到他身旁，以一种沉默、敌视的姿态等着他发话；自从他懂事后，他总是以这种姿态站在他父亲的身旁。他在少年时代是这副样子，那时他的个子还不到父亲的肩膀高；现在他到了青年时代仍是这副样子，不过他的个子长得比父亲高了，能够居高临下地俯视他父亲。从父亲松开的领子里可以看到整个背部直到腰部的皮肤，那皮肤晒得漆黑，滑溜溜的。

自从他听说南方的近东发生的事后——那时他父亲正在这条倒霉的航线，而他本人则在上学——他同父亲的感情就完了。近东的事他们从来没有谈起过，或者说，他认为根本没有必要谈。

他们默默地站在一起，彼此之间都十分了解，谁也不指望对方开口。弗莱塔克没有说话，只是微微点了点头，示意儿子跟他走。

他们一前一后爬上黄色的灯塔架，在坚硬的圆形灯罩上映出他们变了形的面孔。他们俯视着海面和甲板，站在高处感到船摇晃得比在低处更厉害。每当波涛涌起时，弗雷德就会看到沉重而松弛的锚链啪的一声沉入水中。他还看见船头站着一个人，带着一只黑油油的乌鸦，他听见父亲对他说："这人叫贡贝特，他一直不懈地在做一件事：要在圣诞节前教会乌鸦说话，到明年复活节时教会它背赞美诗。"弗雷德听了没有答话。他漫不经心地看着这个正起劲教乌鸦说话的人，那乌鸦奓拉着被剪短的翅膀，缩在甲板上。"那乌鸦的名字叫埃迪特，"弗莱塔克说，"埃迪特·封·拉鲍埃。"

后来，他爬下灯塔架，弗雷德跟在他后面，他俩一言不发，来到对面的报务室，看到菲利普坐在无线电收发机前。菲利普是个矮小瘦弱的人，穿着一件褪了色的毛线衣，头上戴着耳机，一只手握着一支铅笔，另一只手正在桌上卷纸烟。

"他在报告海流测量情况，"弗莱塔克说，"以及海面和天气状况。"

他们的身影映在墙上和满是烟草屑的桌上，菲利普虽然看见了，却没有回过头来看他们。他也毫不理会发出咝咝杂音的扩音器，那声音单调得很，像是蝗虫在铁皮屋顶上爬动的声音。他平静地坐在没有窗户的小房间里，过了片刻他才说："这里已经透过新鲜空气了。"说着，他整了整头上的耳机。

"这是报务室，"弗莱塔克说，"你现在也看到了。"说着他用肩膀把儿子从门口推开，顺手拉上滚珠滑门，并朝四周看了看，寻思着弗雷德上船后还有什么没看过。他朝自己的船扫了一眼，第一次发现它实在破旧不堪——这是一艘不能自由地在海上航行的船，它像囚犯一样，拴着长长的铁链，系在巨大的铁锚上，铁锚深埋在海底，把它禁锢在这儿。弗莱塔克觉得他没有什么要再指给儿子看的了。他迟疑地耸了耸肩。他像一个水手眺望平坦的陆地那样巡视自己的船。他从口袋里掏出了一块手帕，把它缠在一只手上，又把缠着手帕的手伸进口袋里，此刻，儿子正懒散地站在他身后，他侧耳倾听了一会儿身后儿子的动静。他什么也没听到，就把缠着手帕的手攥成了拳头，他感到缠在肥大的指关节上的手帕绷得紧紧的。他的目光落在瞭望台上，瞭望员此刻已经放下望远镜，身体靠在黑板上，今天早晨黑板上还没有任何记录。弗莱塔克向弗雷德示意，叫他跟着走。他们登上了升降口的铁梯，铁梯已经生锈，被踩得凹陷下去，有的地方已经磨损了，在他们脚下发出嘎嘎的声响。梯级上的防滑波纹已经磨平，几乎看不出来了。父子俩一前一后登上了铁梯，弗莱塔克走在前面。瞭望员站在黑板旁，看着两人的头从瞭望台的甲板上露了出来，接着是他们的肩膀和身体，最后他们扶着栏杆登上了甲板，走到他身边。

弗雷德还没有见过楚姆佩。他只听说他此刻在瞭望台上见到的这个人，战时在一艘矿石运输船上干活，那船中了鱼雷，他驾着一艘破损的救生艇在海上漂流了九十个小时，大家都以为他早已葬身大海了——这些都是他从弗莱塔克那儿听说的。他父亲还告诉他，当时楚姆佩的妻子发了讣告。楚姆佩回来亲眼看到了这张讣告，认为这是一件十分卑劣的事，一气之下离开了妻子。现在他还把这张讣告装在一只皱巴巴的信封里，老是带在身上，常常苦笑着把讣告给人看：那是一张微微发黄的纸片，由于给许多人拿来拿去地看，已经弄得又软又脏。

还在他摆渡上灯塔船的途中，他父亲就对他说起在灯塔船上会遇到哪些人，那时他第一次听到楚姆佩这个名字。现在他们面对面地站在一起握手,弗雷德感到这位水手的手像兽角和鹰爪一样坚硬。楚姆佩的手臂和腿都异常短,加上他那过短的脖子和大脑袋,使他看上去真像个侏儒。他脖子上的皱纹很深,有着一张很宽厚的脸。

"你把望远镜给他。"弗莱塔克说。

楚姆佩取下套在脖子上的皮带,把望远镜递给弗雷德,他不慌不忙地接过望远镜,拿在手里摆弄起来。

"你看,"弗莱塔克说,"那边就是海岛。"两个水手彼此看了一眼,这时,儿子把沉甸甸的望远镜举到眼前。在清晰的圆形镜面上,他看到了小岛边上的海滩和岛与岛之间的土黄色的堤,还看到堤后白得像盐一样的东西在缓缓滑动。他认出来了,那是一张船帆,看上去它似乎不在船上,而是在大堤上空飘移。弗雷德调节了一下望远镜的活节,把两个镜筒弯在一起,使两个铜钱大的镜片交叠起来,然后移动望远镜向海岛望去。他缓缓转动身子,看到沉船示警浮标和沉船的桅杆清晰地出现在镜片上,他又把望远镜转向外海,于是,它们在镜片上消失了。进入他的视野的是泛起白色泡沫的水流,接着是俯冲而下的海鸥,它扇动翅膀拍击水面。他看到在迷蒙的天际涌起滚滚的海浪,浪尖泛起闪亮的浪花。突然,他的身体停止了转动,像是遇到了什么阻力似的。弗莱塔克和楚姆佩见他放下望远镜,过了一会儿又马上把它举起,很快地拧起望远镜中间的齿形旋钮调节起来。他们走近弗雷德,朝他搜索的方向望去,但没有发现什么。

"怎么回事?"弗莱塔克问道。

"我什么也没有看到。"楚姆佩说。

"有一艘小艇,"弗雷德说,"一艘摩托艇。我看,它在随着海浪漂流。"

他清楚地辨认出这是一艘灰色的小艇,它横在水面上,正在向外海漂去,海浪一来就被高高地托起。他还在这架清晰度高的望远镜里看到艇上有人,其中有一个叉开双腿,站在木头引擎盖上,来回挥着什么东西。

"不错,"弗雷德说,"这是一艘摩托艇,上面还有几个人呢。"

楚姆佩从弗雷德手里拿过望远镜,举到眼前,他的上嘴唇向上撅起,露出了坚实的大门牙。他仔细地看了几秒钟,便一声不吭地把望远镜递给弗莱塔克。弗莱塔克也只看了几秒钟,又把望远镜还给了儿子,说:"我们把救生艇放下去。"

"可是救生艇刚油漆过。"楚姆佩说。

"那就把刚油漆过的救生艇放下去。"弗莱塔克说。

"可是油漆还没有完全干呢。"

"你可以叫他们小心一点嘛。"弗莱塔克说,"先得把他们救回来。至于用什么样的小艇救他们,也许他们是不会介意的。"

"就我一个人去?"

"把贡贝特也带去,他可以帮帮你。我看,你也可以问问他的乌鸦,说不定埃迪特也有兴趣一起去。"

楚姆佩走向扶梯,他的动作有点吃力,也有点笨拙和迟缓。楚姆佩走下扶梯时,弗雷德看到那艘小艇正横着向外海漂去。

"他们在海流中漂,"弗莱塔克说,"有一股湍急的海流正从海湾内涌向外海，他们正处在海流当中。"

儿子没有吭声。弗莱塔克继续说道："夏天，当帆船驶过时，你有时会看到这股海流是多么湍急；只要稍微有点风，哪怕是微风，海流就会比风强劲得多，帆船一下子就被冲出海湾了。"

"他们在向我们发信号。"弗雷德说，他还一直拿着望远镜在观察。

"我们要把他们救出来，"弗莱塔克说，"这种事我们并不是第一次遇到了。"

"应该让我一起去。"弗雷德说。

"你还是留在这儿好。"

这时，楚姆佩和贡贝特已经到了下面的吊艇柱旁，他们用力把小艇从系索耳上解下来，再把它吊到船舷外，用手摇曲柄把它放下水去。小艇只系着一根船头索，因此它不时地擦着灯塔船的船舷。当贡贝特走下舷梯上了小艇，操起舵柄时，楚姆佩已经发动了马达，解开船头索，坐到艇底的木板上，只有他的脑袋从船沿上露了出来。马达声隆隆地响着，小艇驶了出去，先是一个急转弯，然后拖着一条浪花翻滚在船尾，向漂在海上的小艇驶去。

弗雷德在望远镜中看到小艇轻捷地掠过波浪，然后沿着泛起泡沫的浊流前进，他们的小艇刚把浊流劈开，那条白色的泡沫带又在船尾合拢了；小艇向前开去，变得越来越小、越来越扁，最后扁得像是厚木板，上面只露出贡贝特粗壮的后背。他们朝着那艘随波逐流的小艇疾驶而去。弗雷德看到，他们到了那儿时，放慢了速度，绕着小艇转圈儿，然后朝它径直驶去，再横着靠上去。他看到有三

011

个人影一起一伏，就对弗莱塔克说："他们是三个人，现在登上救生艇了。我真想知道他们是些什么样的人。"

"我们马上就会知道的。"弗莱塔克说，"他们会感谢你的，因为是你发现了他们。他们也许想到那边岛上去，可是倒霉，小艇出了毛病。"

弗雷德倏地朝父亲转过身来，看见他嘴里叼着熄灭了的纸烟站在那儿，两手插在口袋里。

"你要望远镜吗？"弗雷德问。

"不用。"弗莱塔克说，"是你发现他们的，所以在他们上来的时候，你应该保持原来的样子。望远镜你就拿着吧。"

儿子又举起望远镜凑近眼前。他发觉父亲向他走近一步，在旁边看了他很久。他觉得父亲很想同他说些什么，他听到父亲深深地吸了几口气。不一会儿，他听到父亲轻声说："这对你很有好处，弗雷德，我早就该这样做了，我早就该把你带来值班了。你在哪儿也找不到像这儿这样清新的空气。这对你的肺是再好不过了，弗雷德。等我们回去后，你会感觉到这一点的。"

儿子默不作声。海湾外的两艘小艇渐渐分开了。他想，他们大概准备丢下那艘漂浮的小艇了。但过了一会那艘小艇缓缓地转过身来，船头对着前面的救生艇。弗雷德知道，他们已经把那艘小艇拖拴住了，准备把它拖回来。

"在夏天我就该把你带来了。"弗莱塔克说，"那时空气更柔和一些，阳光充足，视野开阔。"

这时，弗雷德发现，他们拖回来的小艇比他们自己的救生艇要大一点，里面坐着五个人。看来那是一艘大客轮上的救生艇，两边装有扶手细缆，船头还有一个被太阳晒得发白的护船橡皮圈。

"我说的话你听见了吗？"弗莱塔克问。

"听见了，"弗雷德回答说，"我全听见了。"现在他能认出在船尾掌舵的贡贝特和坐在船头的楚姆佩，还有三个人坐在他俩之间。他问父亲："我们对这三个人怎么办呢？"他问时既没有放下望远镜，也没有转过身。

"这是明摆着的事，"弗莱塔克说，"我们尽快把他们送上岸去。我们船上可没有旅馆。最迟我们也得叫供应艇把他们带走。他们不能在这儿待到我们值完最后一班岗。"

两艘小艇越驶越近，两艇之间绷得紧紧的牵引缆绳也看得清清楚楚了，艇上人的脸庞也越来越清晰。这时，雷托恩和机修工佐尔佐夫也来到吊艇柱之间。雷托恩是个舵手，他穿着熨得笔挺的卡其布上装和裤子，系着一条褐色领带。在灯塔船上大家见到他时，他总是穿着一身笔挺、干净的衣服。当两艘小艇近得可以听见艇上人的呼叫声时，船上的厨师特里特尔也走了出来。他长得瘦瘦的，看上去有胃病，干瘦的十指交叉在一起，放在胸前沾着面粉的围裙下面。他们都站在两根吊艇柱之间，等着两艘小艇到来。小艇朝灯塔船的船尾开过来，稍微拐了一个弯，便横靠在船舷旁。船上的人放下缆绳，他们马上把小艇拴牢。这时候，弗莱塔克和他的儿子也走下扶梯，到了吊艇柱前。现在，除了坐在报务室的菲利普外，船上所有的人都在甲板上了。

弗雷德靠在曲柄旁，注视着舷梯的缆绳。当第一个人从下面小艇爬上舷梯时，那舷梯在他的重压下咯吱作响，就像新的皮草受重压发出的声音。

第一个上船的是卡斯帕里博士。他那毛茸茸的一只手先伸出船沿，中指上戴着一枚粗笨的纹章戒指。他的手抓紧绳索把自己往上拽，由于使劲拽，连指关节都拽得发白了。他的另一只手也抓住了绳索，第一只手才松了一点。接着，他的脸露出了船沿：脸上微微含笑，眉毛浓密，胡子拉碴，戴着一副沾满水珠的太阳镜。雷托恩帮他上了船。卡斯帕里博士微笑着向四面看看。他走到每个人的面前，微笑着作了自我介绍。然后，他走到舷梯边，和雷托恩一起帮其他人上船。这次上来的是一个长着淡蓝色兔唇的大个子，身穿一件无领衬衣，脸上露出一副亲切的傻样子。在他之后，他们又去帮一个留着长头发的年轻人，雷托恩想伸手去扶他，刚碰到他，他就厌恶地缩起身子，走到一边，还把上衣袖子抹抹平。

这两人没有作自我介绍，可是卡斯帕里博士看来倒是乐于介绍大家认识的。他用大拇指指着大个子说：“这是库尔先生，欧根·库尔。”欧根用力地点点头。他又用另一只手的大拇指，指着那个留长发的年轻人说：“埃迪·库尔。这两位先生是兄弟俩。”埃迪用轻蔑、鄙夷的目光看着卡斯帕里博士。他不跟别人握手，也不正眼瞧他们一下。只是在弗莱塔克邀请他们一起去餐厅的时候，埃迪才飞快地回过头来，似乎想弄清楚有没有人跟着他。

弗莱塔克把他们领进餐厅，这是一间用木板隔开的房间。房间的墙上挂满桅旗、海图和早已被人遗忘的几位前任船长的照片，这些照片已经褪色发黄了。他默默地从壁柜里取出几只玻璃杯和半瓶科克那克①,把它们放在桌上,然后指指用螺栓固定在地板上的扶手椅,请他们入座。那个兔唇大个子拿起一只空酒杯,把它举到眼前,把酒杯柄对着弗莱塔克。他竭力透过玻璃杯看着弗莱塔克,然后叹了一口气,脸上露出一丝温柔的痴呆的笑容。"一只公鸡,"他说,"你真像一只大公鸡。"说着他把酒杯推到弗莱塔克面前,弗莱塔克在杯子里斟满酒。大家围着桌子坐下,只有埃迪还站在门口,他交叉着双腿,斜靠在门上,一副漫不经心的样子。他手里拿着一把打开的折叠小刀,开始修起指甲来,一边修,一边注视着坐在桌旁的人。

"怎么啦?"弗莱塔克说,"您不想也来一杯吗?"

"他从来不喝酒,"卡斯帕里博士说,"从我认识他的那天起,他就没有喝过任何酒,也不让任何人劝酒。我猜,埃迪大概发过誓。不过,我们是不受这一套限制的,我愿借这口酒,对您搭救我们上船表示感谢。"

"是他发现了你们,"弗莱塔克说,"是这个孩子。"

"他是您的儿子吗?"卡斯帕里博士问道。

"是的,是他第一个发现了你们。"

"我将永远铭记在心。"卡斯帕里博士说。他同弗雷德、弗莱塔克和雷托恩一一碰杯,又对大个子点头劝酒,接着大家喝起酒来。

外面吊艇柱旁又传来曲柄咔嚓咔嚓的声音,还有说话声和指挥声,原来船员正在把小艇收上来。埃迪疑虑重重,从门口走到舷窗

---

① 法国白兰地酒。

前，朝外看了一眼，又回到原处。

"这不是什么了不起的事情，"弗莱塔克说，"这种事在这儿是经常发生的，因为外面有一股强大的海流。"

"黎明时分，我们的小艇就出了故障，"卡斯帕里博士说，"感谢上帝，幸亏当时风平浪静，不是吗，埃迪？"

埃迪又用轻蔑、鄙夷的目光瞥了他一眼，卡斯帕里博士似乎对此毫不在意。他依然戴着那副太阳镜，现在镜片上布满了暗淡的小斑点，这是海水干后留下的痕迹。他的脸上依然露出笑容。自从他上船后，他的脸上一直笑容可掬。

"是的，"弗莱塔克说，"这不是什么了不起的事。这类事充其量只是一次抢救遇险船只的演习。"

"很好，"卡斯帕里博士说，"这是一次抢救遇险船只的演习。但愿你们不仅仅是为了演习才把我们救上船的。"

"我们会叫一艘小艇来，"弗莱塔克说，"它可以把你们送进港口，去基尔或者弗伦斯堡，要不送到对面的海岛去也行。实在不行，我们还有供应艇。"

"供应艇四天后就到。"雷托恩说。

"这就是说，得等四天，"弗莱塔克说，"如果在此之前我们找不到其他办法的话。"

他把酒杯斟满，好像他对这几个人要在船上待四天感到满意，现在更为这一既成事实干杯似的。然而卡斯帕里博士却说："我们不希望这样做。我们不想在这儿待四天，也不需要你们为我们叫小艇来。如果我没记错的话，我们自己有一艘小艇，只是冷却器出了毛病。如果它能在这儿修好的话，我们就可以走了。"

"要是我们叫一只小船来，"弗莱塔克说，"比如说叫一只渔船来把你们送走，那么你们明天就可以上岸了。"

"我们不愿意这样做，"卡斯帕里博士说，"埃迪，你愿意这样做吗？"

埃迪挥了一下小刀，表示不愿意。

"那么你呢，欧根？"

大个子温顺地望着卡斯帕里，摇了摇头说："不愿意。"他说起话来，听上去像是那裂开的嘴唇把每个字都撕成了两半。

"那就这样定了，"卡斯帕里博士说，"你们不用叫船来。你们帮我们把小艇修好就行了。"

"你们要去很远的地方吗？"弗莱塔克问。

"去福堡，"卡斯帕里博士回答说，"我们要穿过那些海岛。那儿有人等我们。"

他把搁在桌上的那只戴着粗笨纹章戒指的手翻过来，歪着脑袋端详着戒指，过了一会儿开始对着戒指呵气，接着就把它放在臀部擦起来，擦了一会儿，便伸开手指把手放在桌上审视起来，接着又擦起来。兔唇大个子在一旁用十分温柔的目光关切地看着他。弗莱塔克、雷托恩和弗雷德也在一旁看着他擦戒指，那戒指像是一个闪亮的肿瘤，长在他毛茸茸的手上。

外面传来一种像是铁锤敲击木头的声音，小艇猛的一下牢牢地落在艇架上，曲柄立即松开倒转回去，用来捆艇的带夹紧螺栓的绳索落在甲板上，发出哐啷的声响。

"你们能帮我们忙吗?"卡斯帕里博士问道。

"我们的机修工已经在你们的小艇上了。"雷托恩回答说。

"是佐尔佐夫吗?"

"是我派他去的,"舵手说,"楚姆佩在帮着他。"

"喂,再给我一杯酒,"大个子对弗莱塔克说,"只要一点儿,不要多,像你们那种小酒杯有一杯就够了。"

卡斯帕里博士向弗莱塔克做了个手势,悄悄制止他斟酒,并说:"我可不想再喝了,欧根,这不是什么上等酒。不是上等酒我们就不该喝。这种酒对你的牙齿是有害的,欧根。"

大个子愣愣地看着他,又狠狠地朝弗莱塔克瞪了一眼,然后用他的大手捂住了酒杯。

"对,"卡斯帕里博士说,"这就对了,欧根,这样才好。"

欧根把面前的酒杯推开,用袖子抹了抹布满汗珠的前额。他站起身来,脱掉皱巴巴的短上衣,把它放在椅背上,又坐了下来。

"对,"卡斯帕里博士温和地说,"对,欧根。"

他抬起头来,因为埃迪突然从门口走进,弯着腰站在舷窗下面,好像预感到有某种危险似的。他的目光,他的小刀,都对准了上过清漆的门。现在门慢慢地开了一条缝,慢得好像不是用手打开的,而是被风吹开的。突然,楚姆佩那张宽厚的脸露了出来,从门缝里转向人们围着的桌子。弗莱塔克不由自主站了起来。

"出了什么事吗?"卡斯帕里博士问道。

"请船长到报务室来一下。"楚姆佩说。

"我知道了。"弗莱塔克说。他从桌旁挤了出来,朝门口走去。

这时，有一只手突然拉住他的衣袖。这是卡斯帕里博士，他带着微笑紧紧拉住他说："我只是请您别忘了，我们真的不希望您叫船来接我们。您已经听到我们的决定了。我们的小艇一修好，我们马上就开走。"

"我明白了。"弗莱塔克说。

"很好。"卡斯帕里博士说，"我们这么快就能互相了解，真是不容易。"

楚姆佩在外面一直等到弗莱塔克来到他的身旁，才把餐厅的门关上。他默默地走在弗莱塔克的前面，来到报务室门口。里面空无一人，收发报机全关着。

"菲利普在哪儿？"弗莱塔克问道。

楚姆佩朝底下舷梯那儿点点头，他们已把那几个人的摩托艇拴在那儿，正在修理。两个人可以听到他们断断续续的谈话声。楚姆佩侧耳谛听了一会儿，便把弗莱塔克拉进报务室里，把门锁上。他们一动不动地站在黑魆魆的报务室里，身体紧挨着，除了彼此的呼吸声外，什么声音也听不见。后来开关咔嚓响了一声，灯亮了。楚姆佩俯身打开了一个柜子，侧耳倾听了一下，便拖出一捆东西。他又倾听了一下，便拿起那捆东西，把它放在桌上。这是一个长形的帆布捆包，外面用细皮带捆得紧紧的。楚姆佩一声不吭地动手解开皮带，把帆布捆包打开，里面露出一层微微闪光的油纸，他又打开油纸——动作又快又熟练，好像他已经干过一次似的——接着他的手朝第二层油纸里摸索，油纸发出窸窸窣窣的声音，他的手在里面停了一会儿，慢慢地用力拉出一样东西，那是一挺手提机枪，他握

019

住枪管倒提着。枪管在电灯下闪着幽幽的蓝光。

楚姆佩把枪放在桌上，又把手放进油纸里摸索。

"还有别的，"他说，"好的还在后头呢，我现在拿出来的更叫爱这玩意儿的人喜欢了。"说着，他抽出了一支锯短了枪管的滑膛枪，也把它放在桌上。这支滑膛枪的枪托是雕花镀银的。楚姆佩用粗短的手指抚摩着枪托说："这枪摸上去多凉呀。"

"这些玩意儿你们是从哪儿弄来的？"弗莱塔克问。

"是我在他们的小艇上发现的。"楚姆佩说，"他们把枪藏在船底板下面。在救他们回来的途中，我一直站在这上面。"

"把枪放回去。"弗莱塔克说。

"全放回去？"

"全放回去。他们的小艇上有什么东西，这不关我们的事。"

"我们不能就这样放他们走。"楚姆佩说。

"我们要尽快打发他们走。"弗莱塔克说，"他们从哪儿来，要到哪儿去，都与我们无关。"

"他们身上都带着武器，"楚姆佩说，"他们上船的时候，我看见了。"

"我知道，"弗莱塔克说，"我也看见了。"

"我们要把他们留住，直到供应艇到来为止。等他们一离开船，菲利普就该马上向港务警察报告。"

"这是最后一班岗了，我想安稳点。"弗莱塔克说。

"我们可以叫一艘小艇来。"楚姆佩说。

"他们不愿意。"

"我们有七个人,而他们只有三个。"楚姆佩说。

"你忘了把他们的枪算在里面了。"

"这里也有枪。"楚姆佩一边说,一边用手抚摩着锯短了枪管的滑膛枪的枪托。

"这也无济于事,"弗莱塔克说,"子弹在他们的口袋里。现在把这些玩意儿放回去,全放回去。"

楚姆佩迟疑地站在那儿,无可奈何地望着弗莱塔克,他嘴里叼着那支熄灭了的香烟玩弄着。过了一会儿,楚姆佩转过身去,把所有的东西全都包起来,再用细皮带捆好。

"他们的小艇怎么样了?"弗莱塔克问道,"你们能把冷却器修好吗?"

"不是冷却器出了毛病,"楚姆佩说,"是曲轴坏了。刚才佐尔佐夫把它卸了下来,现在又装上去了,因为他没法修好。"

"没有一点办法?"

"没有一点办法。"楚姆佩说。

"你为什么不早点说呢?"

"你没有问我呀。"

"这下情况全变了。"弗莱塔克说,"现在你把这些东西送回小艇去。告诉佐尔佐夫,叫他继续修理,或者至少装出在继续修理的样子。"

"那么现在该做些什么呢?"楚姆佩问。

"吃午饭。"

021

一条灰白色的渔船紧挨着灯塔船驶过，船头激起阵阵浪花；马达的轰鸣声在海面上回荡，渔船桅杆像是一根白色的指针，从餐厅的舷窗前慢慢移过。餐厅里只有兔唇大个儿还在坐着吃饭，其他人都在看那条驶过去的渔船。他急急忙忙地把光滑发亮的面条盛在自己的盘子里，堆得满满的，又用叉从深深的铝锅里叉起烤得松脆的熏肉。他仰起头，脸朝天花板，大口大口地吃着叉起在半空中的面条。他吃得津津有味。

弗莱塔克、雷托恩和弗雷德看着从窗前缓缓移过的渔船桅杆。卡斯帕里博士只抬了一下头，然后微笑着朝欧根瞥了一眼，同时在臀部轻轻擦着那枚粗笨的纹章戒指。

自从埃迪离开餐厅后，他们之中谁也没有开过口；他们就像等待什么消息似的坐在那里，心情就像一叶小舟随着波浪起伏、颠簸。埃迪在吃饭之前就出去了，他们在里面可以看到他站在舷梯旁，懒洋洋地靠在桅杆的支索上，拿着小刀在修指甲。

天空渐渐变得明朗了，一抹暗红色的浮云急急掠过天边。海上起风了，船外海面上涌起了阵阵波涛，发出哗哗的响声。现在，对面的小岛清晰地显出扁平的轮廓。灯塔船在海面上的倒影也变得线条分明。一排排海浪不断地拍打着船尾，发出咕咕的声响，然后又高高地涌起。沉船桅杆旁的警示浮标歪斜地立在海流之中，忽沉忽浮，来回摆动，湍急的海流把它的支索拉得紧紧的。

大个儿吞下面条，叹了一口气，把空盘子朝弗莱塔克面前一推，做了个鬼脸，用手背擦了擦兔唇。

"吃得怎么样？"卡斯帕里博士温和地问。

"吃得不怎么样，"欧根说，"面条里的油是冷的，面条的味道像蛴螬似的。"

"在海上这是他们最爱吃的东西。"卡斯帕里博士说。

"在这儿只能凑合着吃了。"欧根说。

外面渔船的马达声突然停歇了。卡斯帕里博士不无疑惑地看看弗莱塔克，倏地站起来，走到舷窗边，他的眼睛一直盯着弗莱塔克船长。他还没有来得及朝窗外看渔船，马达声又响了起来。卡斯帕里博士微微一笑，回到他的座椅上。

"我以为，您请来了客人。"他说，因为弗莱塔克没有作声，他又接着说，"我们对此并不反对。你反对吗，欧根？"

"不，"大个儿说，"不反对。"他长时间地摇着头，接着又注视着铝锅里光滑发亮的冷面条，像是在数有多少似的。

"这些都是您的前任吗？"卡斯帕里博士指着墙上挂的照片问道，那些照片都已经发黄了。

"是的，"弗莱塔克说，"他们是我的前任。"

"他们神情忧郁，非常忧郁，一个个都流露出悲哀的目光，瞧他们的嘴——嘴上都含有一丝苦意。您看见了吗？这是什么缘故呢？"

"这是因为他们很少有客人来访，"弗莱塔克说，"或是因为酒喝得太少。"

"您是第一个看上去与他们不一样的船长。"

"因为我在这些方面很知足吧。"

"很好，"卡斯帕里博士说，"我最尊敬那些知足常乐的人，尽管我不知道对此该如何评价。"

"他面条吃得太少了,"欧根说,他用充满责备的目光看着弗莱塔克,"太少了。"

"我一眼就看出,墙上照片上您的前任的目光是多么悲哀,"卡斯帕里博士说,"他们的样子都是那么忧伤。这也许是因为这艘船的缘故吧。"

"这艘船虽然旧了,但很牢靠。"弗莱塔克说,"它经受过的风雨比我知道的任何一艘船都要多。"

"可是它停着不动呀,"卡斯帕里博士说,"它被牢牢地拴在海底的船锚上,无法脱身。无论冬夏,它都停泊在这里,眼看着别的船从它身边驶过。既是一艘船,就该外出航行,在港口之间来来往往呀,它总得有它的一点经历吧。它该让人乘着去游览异国他乡。可是这船一造好,就被铁链锁住,好像人们造它,就是为了拴住一个驯服的囚犯,不让它到任何港口去。"

"就像一个终身监禁的囚犯。"大个儿说。

"其他船都航行在途中,而你们的却被拴在铁链上。"卡斯帕里博士说,"您的前任也许因为这个缘故才满脸愁容:终身被囚禁在同样的地平线上,被囚禁在同一海岸线上。"

"囚犯也有自身的力量,"弗莱塔克说,"与其说囚犯依赖于先生们,倒不如说先生们更依赖于囚犯。如果我们不在这里的话,那么他们在这儿找到的将是一块舒适的沉船墓地,海湾里将到处布满了沉船的桅杆,就像苦行僧钉板上的钉子。整个海湾里将塞满了沉船的残骸,外海的布雷区中的沉船也将一艘挨着一艘,一艘叠着一艘了。正因为我们拴在铁链上，停泊在这儿，给航船指明航道，别的船才能够自由航行。有灯塔船的地方，总是容易出事的地方，他们知道这一点，因此他们一看到我们，就警惕起来。"

"不过，别的船都是自由自在的。"卡斯帕里博士说。

"别的船都依赖我们，"弗莱塔克说，"它们的命运都掌握在我们手中，只要我们愿意，我们就可以把它们送上险滩，引进布雷区，或者把它们送到一条使它们一夜之间成为废铁的航道上去。情况看上去就是如此，"弗莱塔克说，"并非如别人说的那样。"

弗雷德和雷托恩互相交换使了一个眼色，他们正想同时站起来时，那个大个儿用手指着他们，并用责备的眼光看着他们说："你们呢？你们为什么不做声？刚才你们一句话也不说，现在倒想溜走了。"

突然，甲板上传来一声尖叫，接着发出啪的一声，像是用力撒出潮湿的渔网的声音。弗莱塔克和卡斯帕里博士倏地站了起来。而欧根本能地在椅子里急速地一转，缩起了身子。这时，门猛地打开了，砰的一声撞在餐厅的墙上，还没等它弹回去，就看到楚姆佩双手前伸，跟跟跄跄地跌进来，扑倒在桌子上。那张用螺栓固定在地板上的桌子接住了他，他的上半身趴在桌子上，突出的前额撞在桌面上。楚姆佩的双臂在脑袋的两边向前直伸着，那姿势就像一个人弯腰站着或半蹲着，准备头朝下跳入水中似的。雷托恩还没来得及走到他的身旁，或者说，楚姆佩还没有来得及抬起头来，埃迪已经出现在门口了，他双手抱在脖子后面，油光光的头发耷拉在额前，他龇着牙，喘着粗气，好像在忍受什么痛楚似的。雷托恩等他走进

025

餐厅，看清他现在没拿刀，便朝他走去。雷托恩缩起脑袋，慢慢地猫起腰，摆出要拼的架势。埃迪的双手还没有从脖子上放下来。

"当心！"弗莱塔克向他发出警告。雷托恩转过身，盯住欧根汗津津的脸和他发黄的小眼睛，刹那间，他想起了山羊的眼睛。他又看到大个儿嘴角已经干了的涎痕。欧根的一只手的手指伸开着，另一只手里握着一支自动手枪。他的嘴巴张开着，露出的牙齿闪着白光。

"喂，过来，"他对雷托恩说，"我真喜欢你。我们刚才还坐在一起高高兴兴地就餐。现在你给我坐回去。快点，喂，快点，回到你的位置上去，别去打扰我的弟弟埃迪。你不愿意？"

"请吧，"卡斯帕里博士客气地说，"请坐下。坐下来谈更舒服些。"

埃迪走到仍然一动不动地趴在桌上的楚姆佩跟前，他的双手还没有从后脖子上放下来，他朝下看着楚姆佩说："你刚才惹了我，打了我。"说着，他用脚踢楚姆佩的腿弯处，一动不动趴在桌上的楚姆佩被踢得膝盖猛地撞在桌腿上，每踢一脚，楚姆佩的上身就像受到撞击似的向上弹起，接着又沉沉地落在桌面上。

"别踢他。"弗莱塔克说，他又对卡斯帕里博士说了一句，"你叫他别踢了。"

"别踢了，埃迪。"卡斯帕里博士温和地说。

"他惹了我，"埃迪说，"他想用一根缆绳把我打倒。"

"出了什么事？"卡斯帕里博士问道。

"他和其他几个人在小艇上干活，"埃迪说，"我站在上面，看见他们在瞎搞一气,他们真是海上从未见过的了不起的工程师。"

"小艇修好了吗?"卡斯帕里博士问道。

"永远也修不好了,"埃迪说,"有了这两个人,在海上就算交上好运了。如果所有的机修工都像他们这样的话,我们就有一支了不起的陆上船队了。他们只是用锤子在敲。"

"小艇究竟怎么样了?"卡斯帕里博士不耐烦地问道。

"我们再也不能乘这艘小艇走了。我在一旁看见他们在胡搞一气,并把头凑在一起商量了好久,直到这个家伙——"他朝楚姆佩点了一下头,"把什么东西卸了下来,扔到海里。我想,那可能是火花塞。我把他带了上来,要是我不留神的话,那我现在就不会在这里待着了。他操起一根缆绳朝我打来,他惹了我。"说着他又抬脚朝楚姆佩的胫骨踢去。

"别跟他纠缠了,埃迪。"卡斯帕里博士说,"你坐下。欧根,你也坐下。"

大个儿坐了下来,把自动手枪插进裤子的后袋里。埃迪又回到了门口,靠在门上,又开两条腿站在那里。

"我得走了,"雷托恩说,"我还有事要办。"

"你可以走了。"弗莱塔克说。

雷托恩等了片刻,卡斯帕里看看他,点了点头说:"您可以走了。不过,请您提醒你们的报务员:我们不要他叫一艘小艇来。"然后,雷托恩离开了餐厅,弗雷德也跟着他走了。弗莱塔克俯身把楚姆佩从桌上扶起来,把他软绵绵的身体放到一把固定的扶手椅上。弗莱塔克轻轻抚摩他的脸,摇了摇他的肩膀,楚姆佩抖动了一下，把身子坐直。他没有抬头看他们，也没有说话。

"我在这儿呢，"埃迪叫道，"我们还没有离船呢。"

"现在别去管他了，"卡斯帕里博士说，"我们得想想小艇的事。"

"小艇怎么样了，他最清楚。"埃迪站在门口说。

"你有没有试试马达？"

"乘这艘小艇，就连小岛那儿我们都到不了。"

"真遗憾，"卡斯帕里博士说，"就某些方面而言，甚至令人很尴尬——我指的是您，船长。您倒是愿意帮助我们修好小艇的。"

弗莱塔克沉默不语。

"可是您瞧，事情已经到什么地步了，"卡斯帕里博士继续说道，"看来，您手下的一个人显然并不赞同您的想法。他阻止我们乘自己的小艇继续航行。这是一个错误，因此现在我们不得不借用你们的小艇了。有人在福堡等我们，我看，要及时赶到那儿，除了借用你们的小艇外，没有别的办法了。我们又得把小艇放下去。"

弗莱塔克很快朝吊艇柱那儿看去。他看到他们的小艇已经拴牢，吊在那里。他从背影上认出了佐尔佐夫，这个机修工正弯着腰在摆弄马达，还把手在船帮上放了一会儿，手上拿着一个沉重的螺旋扳手。当他回过头来的时候，他发现卡斯帕里博士也在朝吊艇柱望去。他第一次感到他摆脱了卡斯帕里目光的盯视，在这之前，他觉得那目光似乎总是透过水渍斑斑的太阳镜片在盯着他。

"啊，"卡斯帕里博士说，"我猜想，你们的小艇也损坏了吧。"

"这是一艘旧的救生艇。"弗莱塔克说。

"我知道，因此我的意思已经不言而喻了。"

"你们不能动用我们的小艇，"弗莱塔克说，"我们要用它的。"

"这可使我为难了，因为我们也要用它。有人在等我们。"

"不能动用我们的小艇。"

"我们只是借用一下。"卡斯帕里博士说。

"这艘艇不能放下水。"

卡斯帕里博士微笑着，若有所思地在臀部擦着他的纹章戒指。然后他挺起身子对那一对兄弟说道："你们出去看看那艘小艇，如果没有毛病的话，就把它放下水。"他指指楚姆佩，"把他带去，叫他带头帮你们的忙。我想同船长单独谈谈。"

兄弟俩走到楚姆佩身旁，一边一个，用手臂架着楚姆佩离开了餐厅。楚姆佩的脚几乎着不了地。

"你们不能把小艇放下水。"餐厅中只有他们两人时，弗莱塔克说道，"您知道，如果我们没有小艇，这对我们来说将意味着什么。"

"这一点我们的看法是完全一致的。"卡斯帕里博士说，"所以，我向您提个建议，船长，您想办法让我们能够离开这里，这样您就可以太平无事了。您别想把我们像您的船那样拴在锚链上。现在最要紧的是，请您告诫您手下的人，如果他们拒不执行您的指示，就会发生对您不利的事。我有理由警告您，因为只有我才了解欧根和他的弟弟。您要趁我们还有耐心的时候，赶快想办法让我们离开这里。"

"要是你们没有耐心了，那会怎么样呢？"弗莱塔克问道。卡斯帕里博士掏出一根长烟嘴和一盒烟；他细心地把一支烟插进烟嘴里，把烟点上，猛抽了几口后说道："您非要刨根问底不可吗？"

"难道要我对您说出来，他们是从哪儿来的吗？"

"这个我知道。"卡斯帕里博士说。

"您是不愿意听听真情的。"

"真情是没有任何吸引力的，"卡斯帕里博士说，"我平生只有这样一个信念：只听一半真情，只说一半真话。要是我不这样做，早就无聊得死了。"

"你们干了坏事，想要逃走。"

"您看，"卡斯帕里博士说，"我知道，您只会说些纯粹的真话。这使我们又多一条要离开这里的理由。"

他俩同时转身朝一扇开着的舷窗望去，窗前突然出现了一个黑影，悄无声息却又使人感到威胁。那黑影落在餐厅的桌子上，就像一条分界线似的横在他们之间，大约有一秒钟的光景；他们还没有认出这是谁的影子，它已经消失了。他们既没有听到脚步声，也没有听到说话声。窗外只有海水拍打这艘船的哗哗声。

"您跟手下的人谈谈吧。"卡斯帕里博士说，"这样做是可取的，免得我们做一些我们不愿做的令人吃惊的事。您自己也感到您这样做是有必要的。"

这时候埃迪走进餐厅，在门边站住了。他手里拿着折叠刀，挥了一下，做了个"不行"的动作，说道："他们的小艇没用了，我们用不着把它放下水了。"

"我猜想，也是发动机坏了。"卡斯帕里博士说。

"完全是出于对我们的同情才坏的。"埃迪说。

"那我们就放弃这条小艇了,现在我们只有最后一条出路了。"

"您说的这最后一条出路是什么意思?"弗莱塔克问。

"借用您的灯塔船,"卡斯帕里博士说,"您要把锚起出来,用灯塔船把我们送到那边去,到了海岸边让我们上岸。如果您感到不方便的话,我们就夜里开航。说不定您的船还会感谢您呢,因为它将第一次像其他船一样,可以自由地航行到彼岸,终于可以接触到异乡的水域了。"

"您可知道,这样做意味着什么吗?"弗莱塔克过了一会儿才开口说道。他把熄灭了的香烟从嘴上取下来,用手指捻得粉碎,扔在地上。

"这是一次舒服的航行,"卡斯帕里博士说,"无论如何要比乘敞开的小艇舒服些。"

"您可知道,一艘灯塔船离开自己的岗位,这意味着什么吗?"弗莱塔克又重复了一句,"这后果您能想象吗?"

"我曾经抱怨过一些事,但从未抱怨自己缺乏想象力。"卡斯帕里博士说,"我可以想象,那些远道而来的同行们看到您的船不在这里,一定会大吃一惊。如果您的船不给他们指路,说不定他们会不知所措。在最糟糕的情况下,别的船不妨抛锚等候,等到您的船回来再说。"

"灯塔船离开了自己的岗位,别的船就没有安全保障了。"

"也有一些人就是喜欢冒风险。"

"未向主管部门请示,灯塔船不能离开自己的岗位。"

"主管部门用不着知道这件事。"

"过往的船很多,"弗莱塔克说,"它们都靠我们导航。"

"那它们暂时就得自己找航路了。"

"您知道,在这段水域里自找航路意味着什么吗?"

"对此,我的想象力还是足够的。"

"您永远也无法强迫我们离开自己的岗位,我们中的任何人都不会听您的。"

"这一点难道您现在就已经知道了?"卡斯帕里博士问道。

"他是个聪明的孩子。"埃迪在门口说道。

"再说你们也不敢这样做。"弗莱塔克说,"您知道,如果第一艘船驶来,船上的人发现我们离开了岗位,那他们将会怎么做呢?"

"我们到了福堡,就没有必要考虑这个问题了。"

"他们马上就会报告。于是,搜索艇就会出动,飞机也会起飞搜索,你们还没有上岸,就被抓住了。"

"这是您说的,我们还没有试过呢。"

"那您就试试吧。"弗莱塔克说,"你们去起锚吧,去升帆吧,但你们是无法强迫我们这样干的。"

"难道这条船的发动机也出了故障吗?"卡斯帕里博士问道。

"这艘船没有发动机。"弗莱塔克说,"它不是为航行而建造的,而是为拴在铁链上而建造的。"

"天生就是个囚犯。"卡斯帕里博士说。

"我警告您,"弗莱塔克说,"如果这艘船离开岗位,就会……"

"就会怎么样？"

"就会产生谁也不能忽视的后果。如果一条船在外海沉没，那只是个别的不幸事故，是船员不得不付出的代价。但是，如果一艘灯塔船离开了岗位，那么海上的秩序就乱套了。"

"秩序，船长，秩序只是缺乏想象力的人取胜的法宝。对这个问题我们也有不同的看法。好吧，现在我再向您提一个建议：您去同您手下的人谈谈。我们打算坐自己的小艇离开，把乘你们的船作为最后一种办法。为了避免我们采取这最后一种办法，你们就有必要把我们的小艇修好。请您跟您的机修工去说一说，同时请您告诉他，有人在等我们，我们可不能过分失礼，不能老待在这儿，因此事情很急。我不想给您限定期限，然而您可以假定我们已经定下了期限。如果您允许的话，我们就住在餐厅里。奇怪的是，一个人受处境所逼，就无法感到万事如意。"卡斯帕里博士微笑着说。弗莱塔克没有答话就离开了餐厅，走过埃迪的身旁时，连看也没有看他一眼。埃迪懒洋洋地朝后退了一步，给他让路，他走到外面的甲板上。在地平线上飘着一团烟云，海风吹来，烟云散开，紧贴在海面上。贡贝特正在瞭望台上值班。对面小岛那宽大的黑影，看上去像是一艘小艇，海滩上黑点斑斑；一架飞机在空中嗡嗡飞过，投在海面上的黑影在缓缓移动，海水朝外海流去，呈现铁灰色，朝海岸流去则变成了深蓝色。特里特尔手里拿着一个钓具坐在栏杆旁。他在白衬衣外面套了一件宽大的短上衣，手里拿的钓具是一个上面缠着钓鱼线的木块，钓鱼线一直垂到水里，上面挂着闪亮的锌片假鱼。他把木块忽上忽下、忽左忽右地抽动着。在他的折叠椅的下面，躺

033

着几条带花斑的鳕鱼，身上的鱼鳞闪着亮光，这是他刚钓上来的鱼。弗莱塔克发现那个兔唇大个子正站在吊艇柱边，叉开双腿向船外撒尿，这时他把锯短了枪管的滑膛枪松松地夹在腰际。弗莱塔克避开了他，朝雷托恩的舱房走去。

他走进舱房，看见雷托恩穿着解开纽扣的上衣躺在床铺上。弗雷德坐在他面前的凳子上。

弗莱塔克觉得他们俩刚才议论过他，而现在因为他站在他们面前，就无意再谈下去了。弗莱塔克不动声色地从头上摘下帽子，坐在床沿上。他伸手从雷托恩的烟盒里抽出一支烟，点上火，然后一动不动地坐在两个人的中间。

"我们请来了几位很好的客人。"雷托恩过了一会儿说道。

"我们也要把他们再请回去。"

"这是我上船以来第一次遇到贵宾。"

"您听到了什么消息？"

"连收音机里也提到这几位先生的大名，至少提到了他们中的两个。值得注意的是，不仅是相貌特征，而且连名字也对得上。"

"你在什么时候听到的？"

"在新闻报道结束后，播音员谈到了这件事。我们的客人来自策勒，兄弟两人都带着武器，广播里要大家提防这两个人——对我们来说没有多少是新闻。他们中的一个杀死了一名邮递员。邮袋至今还未找到。"

"我倒想知道，那第三个究竟是什么人，"弗莱塔克说，"就是那个卡斯帕里博士，不管他叫什么吧。"

"收音机里只提到两个人，就是那兄弟俩。他们是中午逃跑的，竟然在大白天从一座有名的监狱里逃出来了。"

"卡斯帕里博士和这两个人配不起来。"雷托恩从床上坐起来，扣上短上衣的纽扣，接着伸手拿过鞋来穿上，系紧鞋带，满怀期望地看着弗莱塔克。

"我们该在什么时候把他们抓起来？"他问道。

弗莱塔克抬起头来，惊奇地看着他，露出一丝苦笑，耸了耸肩，他的目光从雷托恩身上移开，呆呆地、心不在焉地落在舱房里漆得雪白的墙上。他绷紧的脸上毫无表情，那样子好像看到了什么可以使他忘掉一切的东西：忘掉雷托恩，忘掉他的儿子，忘掉那个问题。他就这样坐在他俩的中间，直到雷托恩猛地从床上跳下来，轻轻碰碰他说："到底什么时候呀？"

"什么时候，是啊。"弗莱塔克说。

"依我看，马上就能动手。"

"你想干什么？"弗莱塔克疲惫地问道。

"我们要把他们一个个抓起来。"

"一个个地抓，"弗雷德说，"乘他们没有注意的时候。"

"要想到他们是有枪的，他们一直在防备着。"弗莱塔克说。

这时，弗雷德站起身来，到门口倾听了片刻，然后回到舱房中间，蹲在他父亲的脚边，轻声说道："你不能放走他们，你知道他们是什么人了，可为时太晚了。只要我们不想放他们走，他们就休想从船上走掉。我们把他们抓起来，用供应艇把他们送上岸。"

"嗯，"弗莱塔克说，"嗯，听起来就像做最简单的算术一样容易。"

"你这话是什么意思？"弗雷德问。

"你不愿意吗？"雷托恩问。

"我不知道，"弗莱塔克说，"同枪打交道不是那么容易的，它不会听你的话的。"

"那你到底有什么打算？"弗雷德生硬地问道，他猛地蹦起来，走到正在洗脸池边洗手的雷托恩的身旁。

"我只想在最后一班岗上太平无事。"弗莱塔克说，"是的，太平无事。我希望灯塔船被拖回去时，大家都平安地回到岸上，在进港时应该一个都不少。"

"你看到他们把楚姆佩搞成什么样子了吗？"雷托恩一边问，一边把手擦干，把手指关节捏得格格响。

"我当时在场。"弗莱塔克说，"楚姆佩犯了一个错误。"

"不错，"雷托恩轻蔑地说，"他是犯了一个错误，错就错在他把小艇开了出去，把他们的小艇拖了回来。他应该让他们在海上漂流。"

"即使他不这样做，我也会把他们接回来的。"弗莱塔克说，"我不会让任何一个人在海上漂流，即使我知道他们是什么样的人，也不会弃之不顾。"

"其中有一个是杀人犯，"弗雷德说，"你也想把他放走吗？也许你还想给他艇上送只热水瓶吧。"

"别这么说话，"弗莱塔克轻声说，"你又不是这条船上的人。"

"孩子说得对，"雷托恩说，"我们不能让他们从船上跑掉。我们必须拦住他们，不让他们逃到对面去。这一点我们能做到。"

"要是他们的手枪不同意呢？"弗莱塔克说，他的目光又呆呆地盯住雪白的墙壁。

雷托恩整了整领带，用手掌把两鬓的头发抹平，说道："我们总得采取一点行动，这是我们的责任。"

弗莱塔克疲惫地耸了耸肩。"别说了，"他说道，"这种话叫我听了恶心。我不想再听，我不想呕吐。"

"那么，"雷托恩问道，"你有什么建议呢？你觉得怎样做才好呢？"

"叫佐尔佐夫去修理他们的小艇，他可以在船上的机修间里修。"

"你这话当真吗？"

弗雷德吃惊地看着父亲，苍白的脸上又显出往日那种敌视、轻蔑的表情。他急匆匆地转身朝门口走去，手放到了门把上，但他却站住了。

"那么，你想让他们留在船上了。"雷托恩一边说，一边用刷子刷着裤子的翻边。

"我想把全体船员安全带上岸去，"弗莱塔克说，"没有别的目的。"

"你知道，这样做意味着什么，"雷托恩说，"你要负责的。"

"我只希望船在进港时我们的人一个也不缺。因此，你去同佐尔佐夫谈谈，叫他把他们的小艇修好，叫他赶快修。就是这些。"

舱房里暗了起来。雨水噼噼啪啪打在舷窗上，海面上映着一片微弱的灯光，好像成千颗爆炸的小火星。

夜里，他躺在床上，嘴里叼着一支熄灭了的香烟，双臂枕在头下。他朝儿子睡的床望去，儿子也像他一样默默地躺着。夜深了，他又侧耳倾听钩住的舱门发出的吱嘎声。

弗莱塔克自从跑了那条倒霉的航线以来，晚上只有敞着舱门才能睡觉，他总是亲自把门打开，用钩子把它钩住，但钩子只是松松地钩着门把，在船颠簸起伏时，钩住的舱门就被撞得吱嘎作响。今天夜里，他也听到桅杆支索上方的呼啸声，以及链箱里锚链碰撞发出的丁当声。阵雨过后，海面上变得平滑而阴暗，等到风从陆地上刮来时，海面上又很快掀起了波涛，汹涌的波浪拍击着灯塔船。弗莱塔克一直等到巨大的火车渡轮在小岛后面消失后，才下到舱房里睡觉。他只脱掉了长裤和上衣，穿着内衣就躺到了床上，连被子也没盖，只是倾听着门钩发出的吱嘎声，倾听着船的龙骨发出的喀嚓声和噼啪声。他朝弗雷德望去，只见儿子脸朝墙壁，蜷着身子躺在床上。在他们离开雷托恩的房间后——弗莱塔克一个人先走的，儿子在他走后还同这位舵工在一起待了很久——父子俩还一直没有说过一句话。虽然弗莱塔克发觉他儿子现在还没有入睡，但是他不想试试同他儿子谈一谈，也不指望弗雷德会对他说什么。他感到在眼下的沉默中隐含着儿子对他的鄙夷和失望，就连舱房寂静的氛围中也显然充满着昔日的敌意。他不由想起在吉布提的市场，在那儿两个人要谈什么交易的话，总是躲在一块黑布下，默默地进行他们的讨价还价。

他知道自己无法入睡了，他躺着，等到听见楚姆佩爬上瞭望台，去和贡贝特换岗的脚步声，才起床穿上了衣服。贡贝特的脚步声响了一会便停住了——每逢上面换岗，他总是听到咚咚的脚步声从白漆天花板上传来——他似乎看到他们两人躲在帆樯下，在窃窃私语，目光警觉地注视着餐厅，餐厅的舷窗被遮住了，灯光透不出来。他似乎不想打扰儿子，蹑手蹑脚地离开了舱房，踏上了甲板，站在舱门的阴影里。天上阴云密布，空气湿润而寒冷。导航信号灯强烈的光柱射向外海，光柱从灯塔上射出，划破夜空，落在黑乎乎的海面上。在近处，光柱狭窄而明亮，到地平线那儿，光柱变宽，而且越来越微弱，最后如同一丝残痕落在沙滩上，似乎风一吹就给抹掉了。在强烈的灯光下，海水闪闪发光，闪出来的光如同阳光照在废油上的反光一样刺眼。波涛汹涌，激起的浪花在闪光下飞散。灯光划破海面上的夜空，开辟出一条光明的通道。海鸟闯入光柱里，倏然受了惊吓，猛然向上飞起，随后在黑暗中疲惫地落到水面上，在降落时留下一道泛起泡沫的划痕。弗莱塔克朝前面高高翘起的船头和截短了的第一斜桅望去，还在第一次乘小艇上这船的时候，这斜桅就使他想起截掉半只角的鲅鱼，现在他又想到了这一点。这根截短了的第一斜桅，使灯塔船的外形变得粗笨，活像一艘触礁后压成一团的帆船。对面的小岛上，一辆汽车的车灯亮了起来，灯光摇曳着射了过来。当灯塔船的闪光信号灯熄灭时，车灯也正好熄灭了，灯塔粗短的身形又变得黑黝黝的，矗立在船上。

弗莱塔克用肩膀抵了一下舱壁，身子离开了舱门的阴影处。从船的左舷厨房所在的地方，传来笨重的脚步声、咒骂声和压低嗓门的应答声。他朝那儿走去，在厨房的舱壁前停了下来。他断定他们都在里面坐着，但他没有走进去，而是站在舱壁旁边，用手帕缠住肥大的指关节，把手插进口袋里。他不想贴着舱壁偷听他们的谈话，即使他想偷听，恐怕也不会听到什么，因为他们商量什么——他知道，他们现在正在商量什么——也是悄悄进行的，似乎只要做个手势就理解了。过了一会儿，他离开了那儿，站到船桅的支索下面。浪花飞溅到船头的甲板上，水珠落到他的脸上，又冷又轻柔。他觉得脖子上和嘴唇上都被海水打湿了，可是他依然站在支索下，直到厨房门打开，有人从里面走出来为止。

第一个出来的是菲利普，跟在他后面的是雷托恩和佐尔佐夫。弗莱塔克看见他们紧贴着舱壁，排成一列，一动不动地站着，摆出咄咄逼人的架势。有人做了个手势——弗莱塔克无法看清那个手里拿着一个弯家伙的人是谁——于是，他们一个跟着一个朝餐厅走去，他们手里都拿着家伙。弗莱塔克跟在他们后面。灯塔上射出的强烈的灯光洒在甲板上，他在灯光里挺直身子，尾随着他们，既不向他们打招呼，也不向他们发出警告。突然，佐尔佐夫听到后面有脚步声，马上弯下腰转过身来，他认出了船长，轻轻吹了一声口哨。佐尔佐夫站住了，赶紧把手里的扳手塞进衣袖里；雷托恩和菲利普也认出了弗莱塔克，便连忙把手臂紧贴身子，把手掌心朝外翻着，藏起了他们打人的家伙。他们面对面地站在那儿，毫不惊奇地对视着，但又显然带着指责的神色——那样子倒好像他们暗地里都估计到他们会相遇的，但同时又诅咒这种相遇。雷托恩用拇指朝餐厅的方向指指说："让我们到那儿去吧，不出半个小时我们就能干掉他们。时间不长。"

"我要是你们，就回到下面的舱房去。"弗莱塔克说。

"要是你不愿和我们一起干，那就让我们去吧。"雷托恩说，"你一切都不用管，我们自己来动手。"

"回下面的舱房去。"弗莱塔克说。

"难道你忘了什么人在船上吗？"

"我什么也没忘。"

"他们中的两个人睡着了，"雷托恩说，"只有那个傻大个醒着，坐在吊扇下，这样子对我们动手是再好不过了。"

"我想，你们是懂我的意思的。"

"你为什么要反对呢？"雷托恩说。

"回舱房去睡吧。我不想到明天你们中间少了一个人，我对有人被裹在裹尸布里不感兴趣。"

"那么……"

"怎么？"

"我们还是想试一试。"雷托恩说。

"但不许在这艘船上试，"弗莱塔克说，"只要我当一天船长就不行。"

他沉默了，为自己刚才说的话感到吃惊，因为他在当船长的这些年里，还从来没有发生过这种事：他不得不用船长的职位去压人。从雷托恩和其他船员用怀疑惊诧的目光打量他的神态里，他马上感到一些出乎他意料的事。

"走吧，"他说，"带着你们的凶器睡觉去。"

"我看，还是把它们送到工具房去。"突然间有个人说道，"该把它们送进工具房，而不是带到床上。"

在餐厅打开的门里站着卡斯帕里博士，他的身后站着欧根·库尔，腰旁挎着那支截短了枪管的滑膛枪，他狞笑着表示同意。卡斯帕里博士微笑着走到门外后，门就从里面锁上了。

"甲板上出了什么事？"楚姆佩从瞭望台上大声问道。

"没有什么，"卡斯帕里博士回答说，"我们只是在弄清夜里干活有什么害处。"

"你们来吧。"雷托恩说。他、菲利普和佐尔佐夫向船尾走去，他们一个个都把手臂直挺挺地垂下来，看上去他们好像都装着假肢似的。卡斯帕里博士高兴地看着他们的背影，直到他们消失后，才转过身去对弗莱塔克说："我睡得很安稳，是你们的闹声把我吵醒了。"

"我很遗憾。"弗莱塔克说。

"啊，"卡斯帕里博士说，"我早就得出一条经验：越是在人们以为可以不受闹声干扰的地方，陆地上、大海上和岛屿上，就越是受闹声的折磨；虽然这种折磨是以另一种方式出现的：这些地方闹声单一，有一点点声音，就足以引起大脑抽搐了。"

"我得去桥楼了。"弗莱塔克说。

"我可以陪你去吗？"

"我不能阻拦你去。"

"这就对了，"卡斯帕里博士说，"这话听起来有点怪，但很适用。"

他们登上桥楼。弗莱塔克打开一间房间的门，房间的墙上挂满了海图，房里只有一张宽大的桌子和一把椅子。桌上有一块厚玻璃板，玻璃板下同样压着一张海图。在椅子后面有个书架，斜对着椅子，上面放着书，最上面一层放着一本装订得很牢的硬纸面的大本子。

卡斯帕里博士抽出大本子，把它打开，走到电灯下面匆匆看起来。

"是您的航海日志吗？"他问道。

"是的。"弗莱塔克说。

"船上发生的一切事都记在里面了，是吗？"

"都记了。"

"真可怕，"卡斯帕里博士说，"如果每天的情况、每件事，都要记在上面，那么在一条船上的日子一定很可怕：任何事都可以查出来，毫无遗漏，毫无秘密可言。在这儿，生活成了一本流水账。"

"这也有它的好处。"弗莱塔克说。

"啊，"卡斯帕里博士说，"我总是设法把一些非同寻常的事忘掉，让它消失。我真想在新的一天开始时，把前一天的痕迹抹得干干净净，因为在旧日的阴影下生活，那对新的一天还有什么好指望的呢？"

"那就指望算总账吧。"弗莱塔克说。

"很好。"卡斯帕里博士微笑着说，他停了片刻，把航海日志翻到最后一条记录，"我猜想，我们也有幸记在您的日志里了。"

"还没有。"弗莱塔克说。

"您现在想补记吗?"

"我不得不这样做。船上发生的一切事都得记进航海日志。"

卡斯帕里博士沮丧地点了点头,用食指轻轻敲着航海日志的硬纸封面说:"这可是我们还未觉察到的陷阱:规章制度的陷阱。我们对此已经习以为常,就像你们的船已经习惯于锁在锚链上一样。"

"我现在得工作了。"弗莱塔克说。

"我知道,"卡斯帕里博士说,"您想补记船上发生的事。不过,如果您不提我们上船的事,或者含糊其词,日后让人无法判断究竟发生了什么事,这样,行不行?您该试一试嘛。您索性什么也不写:您是怎样救我们上船的、当时天气如何、船上发生了什么事等等,这些都不要写在您的流水账上。这下子您的船突然有了一个秘密,有了一个使人搞不清的地方。以后有一天人们会说:当时,在灯塔船上,就在冬季风暴快来临之际……但是,谁也说不清那时的详细情况。"

"您把航海日志给我。"弗莱塔克说。

"您要干什么?"

"把船上发生的事都记上去。"

"我们上船的事也记吗?"

"是的,"弗莱塔克说,"一切事都记上。"

"可我们不愿意被记上去。尽管我很想知道您会给我们打多少分,但我们仍然不想在您的航海日志上留下大名。我相信,您和我的意见是一致的。"

"把航海日志给我。"弗莱塔克说。

卡斯帕里博士把航海日志放在桌上，然后用轻柔的机械动作在臀部擦着他的纹章戒指，并用同样机械的动作把戴着戒指的手举到灯光底下。在这段时间里，他一直注视着弗莱塔克，看着他把航海日志拿过来，把它打开，一页一页地翻阅，然后一字未写，就把它合上，放回到书架上。

"我们的意见一致了，船长。"卡斯帕里博士说，"像您一样同我意见一致的，也许在这条船上没有其他人了。"

他说的话听起来很诚恳，像是在坦白认罪，弗莱塔克惊讶地抬起头来，满怀期待地注视着卡斯帕里。片刻间，他甚至以为卡斯帕里博士要向他解释些事情，或吐露一点隐情。可是，随着卡斯帕里博士的脸上又显出一丝虚伪的微笑，那是默默的、突然之间显出来的，像是瞬间万变的海面一样。弗莱塔克站起来，走到外面的桥楼上。

"我可以陪您去吗？"卡斯帕里博士问道。

"我不能阻止您这样做。"弗莱塔克说。

在看不见星星的夜空下，一艘轮船从地平线上冒出来，船上的灯光在天际闪耀着，它慢慢地在向上移动，犹如一艘正在浮起的潜艇上的潜望镜，动作是那么费力，又是那么平稳，就像是从海底升起似的。灯塔船上的信号灯的光柱颤动着向它射去，像是一条指路的手臂，光柱一会儿熄灭了，一会儿又亮了。

"对面船上的人能看见我们吗？"卡斯帕里博士问道。

"我们这儿是导航基准点，"弗莱塔克说，"他们在十五海里远的地方就能看见我们了。"

"这么说,他们是朝我们开来啰。"

"他们是按导航信号行驶的。"弗莱塔克说。

"很好,"卡斯帕里博士说,"我明白您的意思了。其他的船都按照您发的信号行驶。至于谁在灯塔船上,这对他们来说是无所谓的,只要他们看到你们发的信号就行了。只要灯塔船上的信号灯亮着,其他船上的人就满意了,因为他们相信,这意味着一切正常。是这样吗?"

"是的,"弗莱塔克说,"差不多是这样的。"

"那么,他们并不在意是谁给他们发导航信号的啰?"

"他们只要收到他们需要的导航信号,"弗莱塔克说,"能够避开沙洲,安全进入港内就行了,至于其他的事都与他们无关。"

"好,"卡斯帕里博士说,"那么,如果由我手下的人代替您的手下发导航信号,他们也不在意啰。"

"您想干什么?"

"没什么。我只想搞搞清楚。我在想,其他船上的人只指望从您的船上得到导航信号,别的什么也不在意,这是什么意思。这么说,是谁给他们发导航信号,他们是不管的。"

"只要航线正确,安全有保障,其他他们都可以不管。"

"如果航线突然不对了,如果导航信号突然改变了,偷偷地变了,事先也没有通知,那么他们会怎么办呢?也许他们仍按老一套办:接收导航信号,按它的指令航行,结果船偏离了航道,朝沙洲开去。等到船在沙洲上搁浅了,他们才意识到有一件事疏忽了:要注意是谁给他们发导航信号的。"

"正因为如此,我们才坚守在这里。"弗莱塔克说,"他们知道,他们是可以信赖我们的。至今我们一直把他们安全地引进港。"

"不过,现在船上不仅仅是你们几个人。"卡斯帕里博士说。

"这我知道。"

"可是对面船上的人却不知道。"卡斯帕里博士指指那艘船说,那艘灯光明亮、船头波光闪烁的船越来越近,正从他们面前驶过去。

"他们的命运就掌握在我们手中,我们不用费什么功夫,就能叫他们驶到沙洲上。他们肯定会按照我们发的信号航行吗?"

"是的,"弗莱塔克说,"他们会这样做的。"

"别的我不想知道了,船长。您要抽支烟吗?"

弗莱塔克指指叼在嘴上的熄灭的香烟,摇了摇头,然后把夜视望远镜举到眼前,朝那条船望去。那是一艘客轮,中层甲板上灯火通明,两排舷窗里也射出明亮的灯火,看上去像是串串小月亮在夜色中滑行,灯光柔和而壮观。客轮已从沉船警示浮标旁驶过,此时正横过船身,弗莱塔克看到烟囱上标有两把交叉的金钥匙,这是航运公司的标志。他看到舷窗里活动的人影,一个女人正在梳头,几个船员正在拉前舱舱盖上的油布。这时他想,如果船滑进沙洲,发出咔嚓一声,船身猛地一震,螺旋桨搅动着,像是一条搁浅的鲸鱼在拍打着尾巴,发狂似的拼命往沙洲里钻,一直钻到坚韧的海底岩石上,那时会发生什么情况呢?想到这里,他仿佛听见灯光熄灭后人们发出的尖叫声,在走道里慌忙奔跑的脚步声,然后是玻璃、木板、碗碟的破碎声,以及海水涌进机器房里的哗哗声。他又放下望远镜，把它放在支架上，然后朝卡斯帕里博士转过身去。

"只要我们在船上，"他说，"他们尽管可以放心。"

"您对这一点深信不疑，那很好。"卡斯帕里博士说，"不过，您要使信号灯不出现问题，就得把我们的小艇修好。"

弗莱塔克闭上眼睛，把双手放在湿漉漉的桥楼栏杆上，默默地站在那儿，显出很疲惫的样子，过了一会儿，他说道：

"不管船上发生了什么事，灯塔船都不会离开它的岗位。别的什么事都可能发生，但这件事不会发生。灯塔船的岗位就在这儿。"

"这艘船的命运就掌握在您的手中。"卡斯帕里博士说。

弗莱塔克没有吱声，他把身子探出桥楼的栏杆，俯视着甲板，那儿有个人影在移动，那人叹着气，拖着脚步在走路。弗莱塔克认出了那个人，是那个长着兔唇的大个子在下面朝舷梯走去，到了那儿他停了片刻，然后翻身越过船帮，从舷梯上慢慢走了下去，不见了人影。接着，有人拽住前缆，拴在灯塔船上的小艇撞击船舷，发出嘭嘭的声响。随后在桥楼上弗莱塔克听到有人跳进小艇的响声。他知道，现在灯塔船上他们只剩下两个人，一个是身旁的卡斯帕里博士，另一个是餐厅里的埃迪。

"刚才那人是欧根，"卡斯帕里博士说，"他到小艇上去，有些事要干。"他一边说，一边歪着脑袋盯着弗莱塔克，"现在我们中只有两个人待在船上了。我猜想，您刚才也是这么想的吧。"

"是的，我是这么想的。"弗莱塔克说。

"那么，您下定决心了？"

"下定决心干什么？"

048

"我身上没有带武器,"卡斯帕里博士说,"我最讨厌口袋里塞得鼓鼓的到处乱跑。再说,我没有多大的力气,从来就不是一个好斗殴的人。我活到现在,还从来没有跟人打过架,就是小时候在学校里也从来没有打过架。"

"要我因此同情您吗?"弗莱塔克问道,"或许您在期待什么吧?"

"我在期待您,一个每天在船上记日志的人,该有所反应了。"

"您这话是什么意思?"

"您现在本该注意到,其实我们之中只有一个人还在船上:餐厅里的埃迪。"

"您听着,"弗莱塔克说,"在我的一生中,我见过许多人,我看见他们高升了,发达了,到后来又潦倒了,对他们的一切我都能理解,就连他们是怎样送命的,我也能理解;但对您这个人,我无法理解。您是第一个我不知该如何看待的人。您同那两个人不相配。您是一个与众不同的人。"

"说得对,"卡斯帕里博士说,"我也一直为自己与众不同而感到自豪,我永远为此而努力。"

"您也做到了这一点。"弗莱塔克说。突然,他拿起望远镜,举到眼前,向船尾看去。在那儿,铁灰色的海面上,漂浮着许多长方形的纸片,它们一张接一张在晃荡,像是长长的链条,在刚刚显露的晨曦中微微闪光。这些纸片浸在水里,贴近水面,悠悠地向岸边漂去,就像猎人狩猎时撒下的认路标记。每当灯塔船上的闪光信号灯亮起时,纸片上的水就闪闪发光;在船尾海流的旋涡里,有几张纸片在打转。在漂得最远的纸片中，有的因吸足了海水，正在慢慢地下沉，有的半沉半浮地向岸边漂去，有的沉得深一点，在水下的黑暗中像漂浮的死鱼似的闪着微光。这一长串漂浮的纸片，在海面熹微的晨光里伸得很远。弗莱塔克用望远镜由前而后，又由后而前地看着这些纸片，然后他没有放下望远镜，而是用眼角瞥了一眼卡斯帕里博士，看他正靠在避风处，也同样在注视着那一长串漂浮的纸片。

"您看见那些纸片了吗？"

"是的。"卡斯帕里博士说。

"这是什么东西？"

"信件。我的两个朋友把满满一袋信带上了小艇。我想，是欧根坐在下面的小艇上，他正用这种方法发信呢。"

"如果风向不变的话，这些信就会铺满海滩。"弗莱塔克说，"至少有一部分会漂到海滩上。"他说着想到了雷托恩对他说的事，想到了被他们之中的一个人枪杀的邮递员和他丢失的邮袋。他也想到，如果有人发现了海滩上的这些信，就一定会产生怀疑，就一定会拿着信到处向人诉说他的发现，于是，陆地上的人就会决定派搜索队到海湾去。

"您说得对。"卡斯帕里博士说——弗莱塔克不由吃了一惊，因为卡斯帕里博士又一次说中了他的想法——"如果风向、海流不变的话，那么明天海滩上就会铺满了信，也许第一个发现这些信的人，就会设法叫人来查找扔信的人。"

卡斯帕里博士急匆匆地离开了桥楼，这次是弗莱塔克跟随着他。他们一直走到舷梯前,俯身在栏杆上,朝下面张望,看到大个子坐在小艇的底板上,身边放着那支截短枪管的滑膛枪,又开的双腿中有一堆小包裹和信件。他从上面把信一封封地拿起来,撕开封口,再用手指从两边一捏,信封口就像工资袋一样张开了,他把食指和中指伸进信封里搜寻一番,随后一挥手,把信扔到小艇外面。有些信封他只是把手指伸进去摸一摸,有些信封他干脆全部撕开,把折叠的信纸打开,在手里翻了又翻。有一次,他突然中断了这个动作,以便把什么东西塞进胸前的口袋里。弗莱塔克无法看清下面的这个人把什么东西塞进了口袋,但他知道欧根是在找钞票,而且至少找到了一张。卡斯帕里博士注视了大个子一会儿,然后高声叫他,彬彬有礼地劝他不要再把信扔进海里。"这样不好,欧根。"卡斯帕里博士说,"对面岸上的人会发现这些信的,他们就会搜寻扔信的人。他们只要跟踪这漂过去的信,就能在这儿找到我们啦。"欧根注意地听着,卡斯帕里博士非常客气地劝他,还奉承了他一句——"像您这样聪明的人,能够马上明白事理。"——大个儿顺从地点了点头,他把小包裹和信件都塞进邮袋里,然后提了邮袋和滑膛枪又爬上了灯塔船,把邮袋交给了卡斯帕里博士。

"也许这看起来好像我们要开办一个邮政代办所似的。"卡斯帕里博士说,"不过,您用不着害怕,船长,我们不想在船上开设邮政营业窗口,再说,我们还没有在这种情况下使用的纪念邮戳呢。"

"这笔债您以后一定要偿还的。"弗莱塔克说,"所有的寄信人和收信人总有一天会来找您要债的。"

"您说错了,"卡斯帕里博士说,"从来没有人到邮局要债;任何东西一经邮局保管，就无法要回来了。我的朋友知道这一点。"

他不再吭声了，因为这时有个黑影蹦蹦跳跳地越过甲板，在他们的腿间穿来穿去，他们都不由自主地把腿分开，接着他们听到贡贝特的脚步声和引鸟的叫唤声。"埃迪特，"他喊道，"过来，埃迪特，过来。"他弯着腰靠上去，打着榧子招引它，那只乌鸦绕着人腿跳来跳去，被剪短了的双翅无力地垂下来，有一只翅膀拖到了甲板上。

"过来，埃迪特，过来。"贡贝特招引着乌鸦。欧根学着贡贝特的样子喊道："过来，过来。"他一边喊，一边用截短枪管的滑膛枪去捣乌鸦。

"是一只秃鼻乌鸦。"卡斯帕里博士说。

"小心，"贡贝特喊道，"您别踩着它的翅膀。"

乌鸦蹲在大个子两条叉开的腿之间，微微张开着喙尖有些裂开的石墨色的嘴，竖起闪着淡蓝色光泽的羽毛。

"小心，"弗莱塔克这时说道，"这是一只很珍贵的乌鸦，它会说话。"

"说话是否有价值取决于内容。"卡斯帕里博士说。

"你会说些什么呢？"大个子问乌鸦，"你会背赞美诗，还是会讲童话？那就讲吧，开始讲吧，轻声讲给我听吧。"

"它肯定会背灯光信号书的目录。"卡斯帕里博士说。

"过来，埃迪特，过来。"贡贝特招引着乌鸦。

欧根弯下身子，慢慢地朝下伸出手去，手指像把钳子似的叉开，那样子像是把手指当叉子似的朝乌鸦的脖子戳去。可是，还没等他的手碰到乌鸦，那只乌鸦突然伸长脖子，倏地蹦起来，用稍微裂开的喙，狠狠啄向他的拇指，他吃了一惊，猛地把手一缩，把那只紧紧咬住他手的乌鸦提了起来。乌鸦锐利的喙把拇指都咬破了；乌鸦啪的一声又掉在甲板上，它伸长脖子打了个嗝，用力抖了抖身子，便安安静静地待着不动了。

欧根看到他的手指在流血，吃了一惊，他急忙按住伤口，轻轻地按摩着。突然他黄黄的山羊眼眯成了一条缝，这次他的手飞快地朝乌鸦伸去，那乌鸦像一只被逮住的鸡一样缩在那里。他一把抓住乌鸦的脖子，把它扔出了船外。那乌鸦快速地扑打着被剪短了的翅膀，发出啪啪的响声。当它羽毛丰满的身子碰到水面时，又啪地响了一声。乌鸦没有沉下去，它张开翅膀，在水面上撑住了身子，这时便开始绝望地拍打翅膀。它用两只爪子做着走路的动作，疯狂地划着水，就像一只白顶鸡拼命地迈开两条短腿，想飞到空中去，但因身体过重而飞不起来一样。在乌鸦扑打着翅膀划水的海面上，搅起了一道满是浪花和水泡的狭长的水痕。那道水痕离开灯塔船时，起初呈直线，接着变成了弧线，最后变成了越来越小的圆圈，到最后只有乌鸦的一只翅膀还在水中拍打。"它连救命都没有叫一声。"卡斯帕里博士说。

兔唇大个子马上举枪射击，霰弹射在乌鸦的身体上，射在水面上，激起一条条低低的水柱。乌鸦伸开了翅膀，又无力地垂下来，沉入了水中。

"它再也想不出干什么了。"欧根说。他把子弹装进滑膛枪，倏地转过身去，面对着贡贝特，看着他张开双臂，微微前冲，平静地朝自己走来。

"注意！"弗莱塔克喊道。

"过来，埃迪特，过来。"大个子模仿贡贝特的声音说道。

"站住！"弗莱塔克说。

"过来，"大个子说，"走到我跟前来。"

他把截短了枪管的滑膛枪举在腰部，手指扣在扳机上，枪口对准了贡贝特的腹部。他的眼睛眯了起来。

"退回去，贡贝特。"弗莱塔克说。

"再过来两米。"欧根说着，把头朝后一仰，用舌头舔了一下裂开的嘴唇，他那淌着血的手托在枪管下面。

"贡贝特！"弗莱塔克厉声喊道。

贡贝特无可奈何地站住了，垂下了双臂，脸上松弛的肌肉抽搐了一下。他朝滑膛枪的枪管看了一眼，便转过身去，走到栏杆边，朝下看着在波浪中漂流的乌鸦，它那松弛的黑色的尸体就像那一长串闪着微光的信件一样，缓慢地向船尾漂去。

"我真担心，船长，"卡斯帕里博士说，"现在该是我们离开这儿的时候了。我的朋友们已经不耐烦了。请您费神把我们的小艇修好。请您记住，我们已经定好了期限。避免我们惹麻烦，这对你们是有好处的。"

浓雾罩着漫长的海湾。中午时分，浓雾从小岛那儿向灯塔船漫过来，海面平而光滑，像块黑色的大理石。灯塔船的船头显出陡峭的火红色的侧影，大海变得安静了，太阳暗淡无光，悬挂在浓雾之上。一把小铁锤砰砰的敲击声，响亮地在船上回荡；汽笛每隔一段时间发出深沉的雾情警报声，划破飘动的白雾，单调地在海湾回荡。浓雾像口钟似的罩住了灯塔船，又像一座变幻不定的低矮的圆形山峰，遮没了灯塔架和桅杆，飘向上层的舱房，最后滚落在海面上。

弗莱塔克站在桥楼上，倾听着一艘轮船沉闷的机器声。这艘船越来越近，它在灯塔船旁斜驶了一会儿，接着便离开了，直接朝大海驶去。船长和站在船头监视雾情的楚姆佩都看不见这艘船了。那沉闷的突突声变得越来越弱，只剩下一丝微弱的嗡嗡声在耳畔回响，最后完全消失了。

"它走远了。"弗莱塔克轻轻地说。

在他身后，菲利普从海图室里走出来，仿佛演员听到上场的提示语走了出来似的。他不关痛痒地把烟头吐进海里，不关痛痒地站到弗莱塔克的身边，两手插在衣袋里，耷拉着脑袋。

"我们完了，"弗莱塔克说，"我对你别无他求，只求你除通常的报告外，其他什么也别说，像以往一样结束发报，不要使港务局的人有所怀疑。船上并没有发生什么特殊的事。"

"要是他们闭着眼睛听你的话，可能会相信。"菲利普说。

"我知道我该怎么办。"弗莱塔克说。

"我向你表示衷心的祝愿。"菲利普说。

"现在你去吧，去发报。"

"发报前我得请你签个字。"

"为什么？在这之前发报都是你自己签字的。"

"要是你签了字，发报时我就不用闭上眼睛了。"

"好吧，我签字。"弗莱塔克说。

菲利普点了点头，连招呼也没打便离开了桥楼，他那张鹰脸上露出一丝讥笑的神情。报务室的滑门咔嚓一声被拉开了，随即又同样猛的一下关上了。弗莱塔克走进海图室，在桌旁坐下，把身子伏在玻璃板上。他感到贴着面颊和太阳穴的玻璃凉丝丝的，感到手背上有一股自己呼出来的热气。在深沉的雾情警报声中，他感到不寒而栗，疲惫不堪。他站起身来，打开了门，把它用钩子钩紧，然后又把双臂交叉在胸前枕着头，伏在桌上，想睡一觉。

他没有入睡。他睁着眼睛，清醒地伏在那儿，注视着指关节肥大的手指，注视着闪着黄铜色微光的毛茸茸的手背，注视着厚厚的玻璃板，他哈出的热气给玻璃板蒙上了一层漏斗状的雾气。这时，他想起了南方爱琴海边的白色古城。他不禁吃了一惊，竟然想起那座古城——他如此吃惊，是因为他早以为这座古城已从他的记忆里完全消失了，然而现在它居然清晰地展现在眼前，刺眼的白色建筑依着山坡层层而起：古城啊，深深地扎根在他的记忆里，永远也不会消失。从舷梯那儿传来一阵叫喊声，一股强烈的气流像一群野鸭似的飞速掠过灯塔船。他想着那座古城——他高踞在一座光秃秃的山上，一幢幢小屋沿着山坡往上建，一直延伸到山顶紫色的阴影下，他看到城市映在碧绿的海面上的倒影：敦实而耀眼的教堂，带屋顶平台的白色房屋，上面晾着衣服；简易的仓库，码头上伸进海里、围着护栏的栈桥。他仿佛听到火车穿过山谷后驶向内地的隆隆声。正在这时，他好像听到有人朝海图室走来的脚步声，这脚步声仿佛从很远很远的地方走来,一步一步地走近,慢得令人无法忍受,好像那人有些犹豫不决,不知是否要向目的地走去,或者说,好像那人缺乏力量,缺乏自信。他步履滞重单调地踩在甲板上,在左舷的过道上拖沓地走过,最后当他走到升降口的铁梯上时,脚步变得坚定起来。那脚步声越来越近,弗莱塔克想着那座白色的古城,听着那折磨人的脚步,然而他依然伏在海图桌冰凉的玻璃板上。直到脚步声在桥楼里响起时,他才疲惫地直起身,向敞开的门望去:在门框边站着弗雷德。

"啊,"弗莱塔克说,"原来是你。你的脚步声听起来好像你是从海岸边走来的,而且永远走不到这儿似的。"

儿子没有作答,只是用无言的充满敌意的目光注视着老人,接着他走进海图室,拉下门钩,随手把门关上。

"你不想坐下吗?"弗莱塔克问道。

"我还很少这样舒服地站过呢。"弗雷德说。

弗莱塔克微微笑了笑,让熄灭了的烟卷在嘴角晃动。

"有什么事要我帮忙吗?"弗莱塔克问道。

"我用不着你帮忙,"弗雷德说,"我只想跟你说几句话。"

"我知道,"弗莱塔克说,"我已经料到了。"

"有些话我早就想跟你说了。"

"是啊,我知道,你早就等着这一时刻了,现在你认为这一时刻到了。"

"我不得不跟你谈一次。"

"好吧。"

"我们没有多少话可谈。我只想告诉你，现在我相信他们那时说的话了，而且这些话他们至今还在说。现在我一切都明白了。起初我不相信他们说的话，而且总是设法忘掉他们说的话，可是现在我知道，他们说的话一点儿也不错。"

"什么话一点儿也不错？"

"那时你丢下纳茨默不管。你没有采取任何行动，没有设法把他救回来，你丢下了他，自己上了船，是因为你怕自己出事。是的，这话一点儿也不错，现在我知道了，你当时没有采取行动，没有设法把他救回来，就像你现在也不采取任何行动一样，因为那些家伙身边有枪。"

"这么说，你知道得比我还要多啰。"弗莱塔克说，"可我当时在场啊。"

"要了解事情的详细情况，并不一定非要在场不可。"

"那么你了解什么情况呢？"

"我听到的够多了，"弗雷德说，"整个事情的经过和你在其中扮演的角色——当时你在克伦吉号轮船上当船长。"

"当时我们船上装的是粮食，"弗莱塔克说，"一千二百吨小麦，我们在南方爱琴海的岛屿之间绕来绕去地航行。"

"你丢下纳茨默回到船上时，船上所有的人都要上岸，去把他救回来，但你反对这样做，你丢下了他，把船开走了。"

"这些是他们讲的吗？"弗莱塔克带着一丝无可奈何的微笑问道。

"我了解的情况是这样的。"弗雷德说，"你们在城外的海上绕来绕去地航行，等你们进港停泊时，他们就朝你们扔石头迎接你们，还朝你们扔钉着铁钉的木棒。你们中间没有一个人敢下船，就连你也一样。可是，当你接到命令，要你到警备司令部去时，你不得不偷偷地离开了船，一大早就离开了，你还把纳茨默和舵手卢比施都带去了。"

小伙子顿住了话头，等着他父亲说几句，更正他说得不对的地方。他以挑衅的目光瞥了他一眼，显然带着鄙视的神情。弗莱塔克以一种淡漠的姿态坐在那儿听着，一声不吭，只是微微点点头。小伙子又接着说道："你们三个人下了船——是这样吧？那时天刚蒙蒙亮，他们还没有拿着石头和带铁钉的木棒聚集在你们的船前。因为警备司令部还没有开门，你们想在警备司令部附近找个地方藏起来，在那儿等开门。如果我有什么地方讲错了，你就直说吧。我想把我所知道的一切都说给你听听，以便我们之间相互了解。你们偷偷地跑到司令部门前，门还关着，附近也不像你们想象的那样，有可以躲藏的地方。那儿倒是有人等着你们，把你们抓住，带到城外的山沟里。如果我有什么地方讲得不对，你就直说吧。在山沟里，他们把纳茨默捆起来，给他灌海水。他躺在岩石上，在太阳下整整晒了两天。在这段时间里，你们一直在场，看着他挨饿，听着他向你呼喊。两天后，他们把你和卢比施带了回去。当时，船已离港，在港口外停泊。他们指着你们的船，把你们抛进水里，命令你们朝船游去。你们朝港口外游去，可是卢比施还是潜入水中，想回到岸上，到山沟里去营救被捆着躺在那儿的纳茨默。卢比施一直在想办法上岸，他在朝岸边游的时候，他们朝他开枪，子弹击中了他的肩膀。如果我有什么地方说得不对，你就只管直说吧。当船上所有的人都想上岸营救纳茨默时，你阻止他们这样做。你下令起锚开航，是你把纳茨默丢下不管，因为你在他们的枪杆子面前害怕了。你是一个胆小鬼。"

弗雷德没有因说了这些话而感到惊恐，他紧张地看着父亲，期待着父亲做出反应，他不知道父亲会有什么样的反应：是断然否认，还是气愤发怒。他估计父亲必然会为自己辩解，会向他列举种种理由表明自己是清白的。然而他父亲什么反应也没有，他看见他父亲只是淡漠地坐在那儿，微微弓着腰，指节肥大的手指搁在玻璃板上。他不由自主地朝他父亲走近一步，弯下腰问道：

"你都听见了吗？我已经说完了，没有什么再要说的了，再要我说也说不出了。"

弗莱塔克动了动嘴唇，似乎他在开口讲话之前，想弄清楚他要讲的话是否也听得见，然后他问道：

"他们是这样说的吗？"

"是的，"弗雷德说，"是这样说的。我在几年前就听说了，是从纳茨默的儿子和卢比施的孙子那儿听说的。每当我看见卢比施那只不灵活的手臂时，我就会想到这件事。每当他坐在家门口的长凳上时，我都不会从那儿经过。"

"原来你是从他们那儿听说的。"弗莱塔克说。

"所有的人都对我这样说，"弗雷德说，"在我班上每个人都知道这件事。"

"是你问他们的吗？"

"是他们问我的。"

"那你就把当时不在场的人讲的情况告诉他们?"

"这已经够了。"弗雷德说。

"也许是够了,"弗莱塔克说,"对只知道一小部分实情的人来说,也许是够了。知道一半情况的人,也算是知道一些情况嘛。"

"我用不着再问你了。"弗雷德说。

"卢比施当时也在场,"弗莱塔克说,"你可以去问问他。他坐在家门口长凳上时,你用不着躲开他嘛。"

"他也会这样讲的。"弗雷德说。

"他不会这样讲的,一件事一个人讲的同另一个人讲的不会完全相同。你从卢比施那儿听到的就会是另一种情况了,因为他当时在场。"

"他只会证实我所知道的情况,我很怕这种情况得到证实。"

"不,"弗莱塔克说,"卢比施讲的情况,开头和结尾都会跟你讲的不一样。他会对你说,我们的船克伦吉号开到南方去时,船上装了一千二百吨小麦,这一千二百吨小麦是运到闹饥荒的灾区去的。卢比施知道这件事。他也知道,我们快要到港口时,接到船舶运输公司的新命令,要我们在港口视野之外的地方巡游待命,其实这件事你用不着问我就会得知的。卢比施也会对你说的,你从他那儿也会听说,我们船上有个希腊人,他出生于这个岛上的灾区,我们叫他卡克西,因为我们当中没有人能记住他的名字,所以就叫这个音听起来差不多的名字。卡克西是船上最有力气的人,我从未见过一个人像他那样卖力干活的。当我们把运到他家乡的小麦装上船时，他不让换他的班，一直干到小麦全部装完为止。"

"这个希腊人无足轻重。"弗雷德说。

"你等着瞧吧，"弗莱塔克说，"如果你去问卢比施，就会知道卡克西起了什么样的作用。当我们改变了航线，不把小麦运上岸去，而在几个小岛之间绕来绕去地航行时，卡克西跑来找我，请求我把船开进港口。我对他说，我接到船舶运输公司的命令，在港外巡游待命。他说，船舶运输公司只有等到小麦价格涨得更高时才会让船进港。我当时也无法帮他的忙。

"我们在港外又巡游了几天。一天晚上，那个希腊人像发了疯似的，他跑来问我，如果他跟船上所有的人一一进行摔跤比赛并赢了的话，我是否同意让船进港——他为他的同胞担心，简直发了疯。卢比施还会告诉你，我在餐厅里把卡克西的建议转告给全体船员，大家都对此表示赞同，因为再没有比在海上巡游待命更无聊的事了。

"当时阳光普照，海上风平浪静。我们在中层甲板上铺上垫子，纳茨默被选为裁判员。是啊，那几天晚上，等到天凉快时，船员们都自告奋勇地跟那个希腊人角斗。他战胜了所有报名参加角斗的人。最后只剩下我一个人，这时我才清楚地意识到协议就等于诺言，如果我不能战胜他，我就得兑现诺言。"

"你战胜他了？"弗雷德问。

"我不知道，"弗莱塔克说，"卢比施会对你说。当我和他摔跤时，几乎所有的船员都到了甲板上，起初我把他压在下面，后来他翻身骑在我的身上，我用双手卡住他的脖子，他拼命掰开我的手。

等我的手被掰开时，我又猛地把他往上一推，滚到一边，乘势把他的头夹在腋下，但他用力一抽肩膀和脖子，又挣脱出来，我以为他把我的手臂也扯断了。后来，我又用双腿夹住他，用手卡住他的颈动脉，这时发生了一件事，这件事全体船员都看到了，卢比施也看到了：卡克西半个身子压住我，看起来像是能把我压死似的。就在这一瞬间，纳茨默朝他猛击一下，我没有看见，但卢比施看见了，看见纳茨默怎样用一根木板条猛击希腊人的脖子。虽然我知道水手长只是想帮我，但我对这种做法并不感到高兴。卡克西顿时昏了过去，他脸朝下趴在那里，我们三个船员把他抬了下去，朝他浇了一桶海水，才使他苏醒过来。第二天早晨，当有一段时间船离海岸很近时，这个希腊人从船上跳了下去。"

"他游水上了岸？"

"是的。"弗莱塔克说，"二十四小时后，我们接到命令，要我们进港卸小麦。就像你刚才所说的那样，我们受到的欢迎是：居民朝我们扔石块和钉着铁钉的木条。因为卡克西在我们之前进了城，居民们已经知道我们装着小麦在港口外绕来绕去；他们知道了所有的情况——如果你不躲着卢比施的话，他会向你证实我所说的话。你也会从他那儿得知，岛上的人恨不得把我们的小麦倒进海里，因为他们认为这些小麦是不干净的。要不是警备司令部派武装人员赶到码头上的话，恐怕连一担小麦也上不了岸。不过我得告诉你——卢比施也会向你提到的——警备司令部的人私下想的和那些人一样，他们也认为卸下的小麦是不干净的，因此在保护卸小麦时，他们不同我们说话，不屑搭理我们。而我们也不信任他们。小麦卸完后，他们要我们——纳茨默、卢比施和我——上司令部去，他们要我们在上午某个时刻到，尽管他们知道我们上午在码头上走不到两步就会被石头砸死，被钉了铁钉的木条砸烂。第二天一大早，我们趁整个城市还没有苏醒、居民们还没有聚在我们船前闹事的时候便离船上了岸。现在我认为，警备司令部并没有命令我们去，尽管这命令是由一个宪兵转达的，因为后来警备司令部对我们再也不感兴趣了，虽然他们已经得知出了什么事。我们三人下了船，走到警备司令部所在的街上时，碰到一群携带武器的人，他们逼我们上了一辆卡车，把我们带进一个荒凉的山沟里，这整件事发生时卢比施都在场。在一条铁路路基的上方，公路到了尽头，卡车停住了。我们跳下车时，看到卡克西手里拿着一根木板条站在那里。他一句话也没说，就以牙还牙地给了纳茨默当头一棒。他又示意那些人把水手长捆了起来，给他灌海水，把他放在岩石上让太阳烤。纳茨默在那儿躺了两天一夜，我和卢比施同其他人一起围成半圆形蹲在他身边，整整两天一夜没吃没喝，就连他们那些人也没吃没喝。只要我们动一下身子，他们就抓起放在脚边的老式手枪。在这两天一夜里，无论是我们还是他们，都没有说过一句话。谁也不许离开原地，就连大小便也只能在蹲着的地方解。我们没有听到有人说一句话，听到的只有火车晚上穿过山谷的隆隆声，以及在山谷上空高高飞翔的雄鹰的鸣叫声。他们强迫我们蹲在那儿，眼睁睁地看着纳茨默直挺挺地躺在灼热的岩石上。当时卢比施就在我的身边，如果你问过他，也许他就会把这些情况告诉你了。如果他回忆往事忍受得了的话，那么你现在就会知道，他所做的跟我没有两样，只是蹲在那儿，一声不吭，也许还在想着纳茨默猛击希腊人的那件事；其实当时我的处境并不像纳茨默想的那样糟糕。我对你讲的，只是卢比施该讲的，如果卢比施没有失去记忆的话，他会讲的。他会对你说，我们在第二天夜里又被迫上了卡车——卢比施和我，没有纳茨默——他们把我们带回城里，然后沿着海滨公路驶向布满礁石的岸边，在那儿把我们从陡坡上赶了下去，并把克伦吉号货船的灯光指给我们看。克伦吉号货船已经驶离港口，停泊在港口外的海面上。卡克西没有再露面。那些押送我们来的人，把我们从礁石上扔进海里，他们手握老式手枪站在岸上，监视我们在海里游着。卢比施游在我后面，等我们游离海岸，到了那些人听不到我们说话声音的地方时，卢比施对我说，他要游回岸边，到山沟里去找纳茨默。但我知道，他们在礁石上面站着，就是在等我们游回去，所以我没有同意这样做。我也以为他放弃了这个念头。过了一会儿，我突然发现他已经不在我身后了，接着我听到几声枪响，听到他的惨叫声，我马上转过身，潜水去找他，而他们还在开枪，我们朝货船游去，游了三个多小时才上了船，这时卢比施已经失去知觉了。"

"卢比施已经尽了力。"

"是的。"弗莱塔克说，"后来船上大家也想尽点力，他们想一起游上岸，把纳茨默救回来，尽管当时我们已经接到新的命令：驶往鹿特丹。有些船员甚至以为警备司令部会派人同我们一起寻找纳茨默。其实，那些人恨不得用带铁钉的木条打我们，哪里会用枪保护我们呢！我们没有武器，加之，我当时也认为要去说服拿枪杆子的人是无济于事的。于是我把事情的详细情况报告给了运输公司和我们的代办处——除此之外，我毫无办法；因为我们的船接到了新的命令，要我把全体船员带回去。"

"但是纳茨默没有回去。"弗雷德说，"运输公司填了一张表格，代办处把它交给了警备司令部，这一切是毫无意义的，就像把表格扔进了大海一样。"

"纳茨默是无法援救了。一个人总会陷入这样一种境地：除了填写表格、把它交上去以外，就没有其他办法了，虽然明知把它交上去就等于扔进大海里一样。"

"这样做正符合你的个性。"弗雷德说，"你没有冒过任何风险，也不想冒一点风险。在你打算干一件事的时候，你总是要事先看清这件事会不会有风险。在一个罪犯未对你发誓，说他的枪膛里的子弹打完时，你是不会对他采取行动的。只有当他的子弹打完了，才是你大显身手的时刻。"

"你说这话倒是经过好好考虑的。"弗莱塔克说。

"没错，"弗雷德说，"现在我懂了。"

"你什么也不懂。"弗莱塔克说，"你以为，没有武器的人的唯一的办法就是把自己往枪口上送，我对你这种自以为是的看法不屑置辩。我要对你说，孩子，我从来不是一个英雄，我也不想成为一个殉难者。因为我总觉得这两种人死得不值得：他们死得过于简单，而且他们在死的时候，还坚信自己所干的事——我看他们太自信了，其实他们的死并没有解决任何问题。我认识一些人，他们想以死来解决一些问题，但他们什么问题也没有解决，他们把一切问题都留了下来。他们的死只帮了他们自己的忙，可是对别人没有任何好处。一个没有武器、不使用暴力的人,总还有别的办法吧。有时我认为,有些人想不惜任何代价往枪口上送命,在这种想法的后面,隐藏着最可耻的私利。"

"你说的这些我不感兴趣,"弗雷德说,"我只想知道一件事:在雷托恩等人想去抓那三个人时,你为什么不让他们去?"

"这点我刚才对你说过了。"

"要是他们干了呢?"

"那么今天贡贝特就要为他们缝裹尸布了,如果他们当真干了,结果就是这样。"

"那么你不想对他们采取任何行动了?"

"我只想让灯塔船值完最后一班岗,当我们进港时,船上的人一个也不少——除此之外,我别无他求。因此,没有我的同意,船上的人不许采取任何行动。"

"我要讲的都讲了,"弗雷德说,"我的话说完了。"

"我早就料到你会讲这些话。"弗莱塔克说。

"那你就不必感到意外了。"

"将来船上有一个人会感到意外的。"弗莱塔克说,脸上露出一丝苦笑。当儿子离开海图室时,他站起身来,跟着儿子走到桥楼,走下扶梯。在左舷的过道里,他站住了,目送着儿子穿过浓雾向船尾走去。儿子走得很快,挺着胸,步履沉重,发出单调的橐橐声。他站在那儿,一直等到儿子的身影在缓缓飘动的雾霭里消失后,才向舷梯走去,俯在栏杆上探头朝下望去。

那条系着出了故障的小艇的缆绳,松弛地垂在水里,犹如动物灰色的长触角轻柔地晃来晃去，没有一丝儿声音，又像一条长蛇似的，想抚摸那布满海藻的船体。弗莱塔克的目光顺着缆绳朝浓雾中的小艇望去。刚才，当他和菲利普站在桥楼上时，听见小艇那儿传来小铁锤敲打的乒乓声。现在这里万籁俱寂，他无法看到小艇的影子，也看不到小艇的轮廓。他极目望去，看到缆绳并没有从水里伸出来系在小艇的头上。他轻声朝下呼唤着佐尔佐夫的名字，可是没有人答应。在他轻声呼唤的时候，灯塔船的甲板上也没有人出现。他疑虑地看着松松地垂在水中来回晃荡的缆绳，那缆绳好像在水中慢慢地越沉越深。蓦然，他跳到舷梯上，向下爬去。他伸手抓住松垂的缆绳，慢慢地往身边拉。他以为缆绳系在小艇上会被猛地拽紧，然而缆绳只是擦着灯塔船的船体发出轻微的沙沙声，很容易地被拉了过来。缆绳很长，长得过分了，以致他还没有把缆绳的一头拉到手里，就已经明白受损小艇出事了。等到把缆绳的末端拉到跟前时，他看到缆绳上有被斧子砍过的痕迹，绳头散成一股一股的。他把绳头拉到手里，仔细地检查了一遍，还侧耳倾听着下面雾中的动静。他猜测被砍断缆绳的小艇还在附近漂泊。接着他挥起手臂，猛地把缆绳扔了出去，只听见它啪的一声落在水里。"雷托恩，"他想，"一定是他而不是别人把小艇的缆绳砍断的。即使是佐尔佐夫干的，也准是雷托恩出的主意。他不想让他们溜掉，所以放走他们的小艇。他会否认是他干的，但这种事只有他才干得出来。从第一天起他就反对我。"弗莱塔克爬上舷梯，走到甲板上，又转过身来倾听雾中的动静，灯塔船和海湾都笼罩在浓雾中。这时，他又想起卡斯帕里博士和另外两个家伙。他想象着，当他们发现小艇漂走后会有什么反应。他仿佛看到卡斯帕里博士站在那儿,戴着那枚粗笨的纹章戒指。他仿佛听到卡斯帕里博士说话的声音,那声音柔和而清晰,即使在他威胁人时,那语气听起来仍然显得很客气。弗莱塔克向餐厅慢慢地走去。

他敲了敲门,一张宽脸出现在舷窗后面,自动地出现了,就像打靶场上的人像靶自动出现在斜坡上一样。门被小心地打开了,兔唇大个子在门缝里露出了身子,他用力地点了点头,示意弗莱塔克进去。卡斯帕里博士正坐在桌旁玩纸牌;在餐厅的一个角落里,埃迪躺在几张拼在一起的椅子上,冲锋枪就放在头边,一伸手就可以够到,即使躺着也能开枪射击。欧根回到他桌旁的座位上,桌上放着一杯热气腾腾的咖啡,他坐在那里,咧着嘴傻笑着看卡斯帕里博士玩牌。

弗莱塔克一眼看出卡斯帕里博士玩的那副牌是他的,他也看到,他放牌的那个小玻璃橱的门敞开着。

"这副牌不通,"卡斯帕里博士过了一会儿说道,"不行,通不了。不过,如果玩牌时总是能尽如人意地通,那还有什么意思?"

"我得跟您谈谈。"弗莱塔克说。

"是不是我们的小艇修好了?"

"不是。"

卡斯帕里博士从容地收拢纸牌,把它理好,叠成一堆,放进牌盒里。"好了,我洗耳恭听。"

"你们再也不可能离开这艘灯塔船了。"弗莱塔克说。

"请问,您的看法有什么根据?"

"你们的小艇漂走了，"弗莱塔克说，"有人把系在小艇上的缆绳砍断了。"

"我想，您手下的人会把小艇修好的，欧根也是这样想的，是不是，欧根？"

"小艇在雾中漂流，"弗莱塔克说，"现在要找小艇是没有一点希望的。我们无法找到小艇。"

"您看来像是为此而担忧，船长。"

"我认为，把这件事告诉您比较合适。"

"我很赞赏您这样做，不过我已有思想准备，甚至可以说我早就料到会有这种事。"

弗莱塔克惊异地转过身来，目光扫视了一下餐厅，似乎想在什么地方找到一点迹象，来说明卡斯帕里博士对此事无所谓的原因。他下意识地把手帕缠在手上，手指把手帕绷得紧紧的。

"我不知道，你们的小艇是朝岸边漂去，还是随着海流朝海湾外面漂去。"

"小艇已经漂走了，漂到哪儿去了都无关紧要。"卡斯帕里博士说。

"你们原来要乘这艘小艇逃生的。"弗莱塔克说。

"但是，我们保留了选择别的船只的权利。"

"你们已经不可能离开灯塔船了。"

"眼前的事实反驳了您的说法，船长。您没有看到你们的小艇，您没有想到这艘大船，你们的灯塔船，尽管它是为锁在铁链上而建造的，但在万不得已的情况下，它也是可以扬帆航行的。"

"我已经对您说过,只要我在船上,这艘船就不会离开它自己的岗位。"

"要是您现在给我们出出主意,那么您能给我们出什么主意呢?"

"丢掉幻想,"弗莱塔克说,"投案自首。即使你们的小艇还在,你们要到福堡或者其他地方去的可能性也是很小的,小得不值得一试了,而且这种可能性随着时间的推移将越来越小。"

"您瞧,船长,对这一点我们两人的看法不一致。您对冒险的事是从来不考虑的,而我对不冒险的事是不太考虑的。在您看来成功的可能性越小的事,我越是要去试一试。甚至有些经验证明我的看法是对的。在委托我办理诉讼案的当事人中有一个走私犯,即使在战时,他也照样干这种艰难的行当。他在火力最猛的那一段仔细选择了偷越国境的道路。他总是安然无恙地通过,而他的伙伴选择了没有战火的地段作为越境的通道,结果被一个神经紧张的哨兵开枪打死了。我想,如果我们像原先那样相互理解,那么您现在也许不会期待我们放弃这样一个机会,它的珍贵之处就在于它成功的可能性很小。我希望,您立即派人把你们的小艇修好,以适当的方式把它交给我们使用。"

弗莱塔克从嘴上取下熄灭了的香烟,用两个指头把它捻碎,然后问道:

"您当过律师?"

"我干过好几种行当,也当过律师。"卡斯帕里博士说道,并且古里古怪地、讥讽地朝弗莱塔克鞠了一躬。

贡贝特蹲在小艇的前部,那小艇悬挂在吊艇柱上。他看着海岸上方下着雷雨的夜空:雷电忽闪,夜幕被划开道道可怕的口子,就像矿脉的道道裂缝一样。地平线上黑沉沉的,乌云镶着淡紫色的边。雷雨渐渐减弱,大海暗淡无光,毫无生气,就连那浪花溅起的泡沫也不再闪光,灰蒙蒙的泡沫漂浮在荒凉的大海上。灯塔船上的导航信号灯光似乎也不如往日那样刺眼、强劲、有力,像是一盏快耗尽电的灯射出的光,疲乏地闪烁着,扫过海湾。贡贝特穿着工作服蹲在小艇里,任凭暴雨向他袭来;他发现刮起了海风,锚链被海风吹得绷紧了,雾霭被吹散了。在这整个时间里,他的手里一直拿着一枚沉甸甸的钢制的索针①,像是拿着一把粗笨的匕首似的。船上没有人知道他蹲在这儿,手里拿着索针,正耐心地等待动手。这枚索针的形状像匕首,拿在手里正合适。他一吃完晚饭,就偷偷地钻进了小艇,缩着脑袋,弓着腰,叉开两腿,就像现在这样在这里等待。一个浪头朝灯塔船猛扑过来,水花从甲板上飞了过去;灯塔架和桅杆在晃动,那晃动的样子,就像在空中刻下一行短短的斜体字,海面上各条船只的桅杆都在互相发出同样的信号和密码。贡贝特有时小心地把头伸出小艇的船舷,朝餐厅的方向和中层甲板望去,一听到响声,就马上缩回去,紧紧握住被雨淋湿的索针。他想起他写给欧根的那张纸条,这张纸条是在快吃晚饭时,他从通风井扔进餐厅的,那时卡斯帕里博士和弗莱塔克正一起待在船尾上。虽

---

① 索针:船上捻接绳索用的工具。

然他吃不准大个子是否马上发现了纸条，并读了这张纸条，但他知道，纸条没有卡在通风井里。它一定掉进了餐厅里。欧根是否会守住秘密，不把他写的纸条交出去，他就没有把握了。也许欧根会马上把纸条交给卡斯帕里博士看，那他现在就白等了。但欧根也可能把一切都同他弟弟谈了——贡贝特估计有这种可能性——那么，到吊艇柱这儿来的人就不是大个子，而是埃迪。他到这儿来看看贡贝特纸条上写的事是否确凿。贡贝特在给欧根的纸条上写道：卡斯帕里博士企图独自一人逃离灯塔船这个陷阱，他付给一个船员一大笔钱，要此人帮他把小艇放下水。当天夜里卡斯帕里博士离开餐厅时，务必不要跟着他，而要马上到小艇那儿守候他。贡贝特只是希望他们三人之间产生猜疑。

贡贝特在小艇里蹲了四个小时，倾听着四周的动静。他听到的只有楚姆佩在瞭望台上的喃喃自语声、雷托恩在左舷走道上的脚步声、海风的呼啸声，以及浪头扑打灯塔船时水花的飞溅声。他看看手表，给自己限定等待的时间，然而他已不再考虑他们中的任何一个——无论是兔唇大个子还是他的弟弟——来到小艇时他该采取的具体行动。刚开始时他考虑过，而且每个动作都反复练过：首先在小艇里倏地转过身，然后双腿一撑站起来，最后举起握着索针的手，竭尽全力朝下猛刺——现在他看看表，为自己限定最后等待的时间。

这时，雷雨已在远方的陆地上空肆虐，他只看见电闪，却听不到雷声。一艘遮住灯光的军舰高速驶过，在长长的海湾里留下一条淡绿色的尾波。军舰扁平的上层建筑很快消失在夜色中。小岛上空露出熹微的晨光，这是寒冷的清晨来临时的最初几道曙光。灯塔船上一片静寂。

贡贝特站起身来，跳出小艇。他把索针塞进油布工作服的口袋里，走到船尾去测量海流的流速，然后回到船的右舷，弯下身子从餐厅黑黝黝的舷窗下走过，沿着过道往下一直走到厕所里。当他站在小便池斑驳的墙壁前时，听到身后的弹簧门被打开的声音，接着又听到在波纹瓷砖地上走过的嚓嚓的脚步声，随后一个人影凑到旁边的小便池旁。贡贝特认出这是卡斯帕里博士的侧影。

"暴风雨过去了吧？"他问。

"看来还没有。"贡贝特说。

"可是，雷声已经听不见了。"

"大概在海岸上空停息一会儿，还会来的。"

"这倒是扬帆航行的好天气。"卡斯帕里博士说。

"是啊。"贡贝特说。

"您愿意帮我们的忙吗？我们要到福堡附近去。您可以把我们送到那儿的海岸边，让我们下船，然后您再把灯塔船开回来。"

"这事您得跟船长去说。"贡贝特说。

"我问的是您。"

"我没有什么可说的。"

"要是您有什么可说的呢？"

"要是我有什么可说的话，那就是我要把你们吊到桅杆上，把你们三个全吊上去，一直吊到我们的船进港。当然，你们中的一个我还得特别教训他一番。"

"原来如此！"卡斯帕里博士微笑着说，"那么，我就用不着为您还不是船长感到难过。很遗憾，既然如此，我还是不祝愿您万事如意、平步青云的好。"

"要是我处在您的位置，就另有打算了。"贡贝特说。

"我已经有了。"卡斯帕里博士说。

他们两人同时转过身来，吃惊地互相对视着，好像他们直到现在才碰见似的。贡贝特像是感到极度震惊，产生了条件反射那样猛地动起手来：他挥起胳膊，右手一拳朝卡斯帕里博士的下巴狠狠打去，接着左手一拳用力打在他的脸上，打得他张开双臂，朝后倒了下去，后脑勺刚好擦过小便池的边上。他仰面倒在地上，太阳镜在地上摔得粉碎。他的身体蜷缩起来，朝一旁翻了过去。贡贝特跪到他的身边，倾听外面过道上的动静，然后用一只手臂伸到他的脖子下面，把他的头托起来，好让他的脸照到灯光。他的一只眼睛紧闭着，另一只眼睛泪水直淌，目光呆滞冷漠，渐渐地变得模糊起来。贡贝特一看，原来这是一只玻璃假眼。他又倾听了一会儿，只有弹簧门不时地来回晃动，过道里依然一片静寂。现在他才明白出了什么事。他想，如果两兄弟中的一个——或是弗莱塔克——来上厕所，那会发生什么事呢？刹那间，他想溜走，让这家伙躺在这儿。但是他又想，这也许是全部行动的第一步，会成为解放的信号为大家所接受，甚至弗莱塔克也会一起干。现在，事情既然干了，就不能打退堂鼓。贡贝特从瓷砖地上扶起卡斯帕里的身体，把他抵在小便池墙上，然后蹲下身子，用肩膀抵住他，卡斯帕里曲起的身体便稳稳地趴在贡贝特的肩上了。

贡贝特只用一只手就把肩上的卡斯帕里博士的身体扶住了,他用另一只手拿起索针,用索针的尖头推开弹簧门,走出厕所,来到灯光暗淡的过道里。他扛着卡斯帕里博士,从餐厅的舷窗下经过,又走过甲板,然后走上桥楼,打开海图室的门,把肩上卡斯帕里博士软绵绵的身体放到椅子上。他在书架上找到一根旧的信号绳,一只手把绳子拽出来,一只手扶着卡斯帕里博士摇摇欲坠的身体,把卡斯帕里博士结结实实地捆在椅子上,然后退后几步,像一个画家鉴赏一幅画那样,仔细审视着捆得怎么样。他又走上前去,把绳子在椅腿上打了个结。当他直起身子的时候,他好像看到卡斯帕里博士的脸上露出了一丝微笑,或者说想要笑的样子,他马上下意识地弯下腰,凑近他,怀着好奇而又厌恶的心情打量着他,就好像在打量一只装死了片刻又开始活动的甲虫似的。正当他弯腰审视的时候,他听到楚姆佩在门口说话的声音,声音中充满着抑制不住的喜悦、赞许和激动。

"你抓住那个傻瓜了?"他在门口压低声音问道。

"进来吧,把舱门关紧。"贡贝特说。

"原来是那个最狡猾的家伙,"楚姆佩失望地说,"我还以为你抓住了那两个家伙中的一个呢。"

"抓住他一样有用,"贡贝特说,"没有他,那两个家伙就不知该怎么办了。"

"但愿他们也明白这一点。"楚姆佩说。

"我们会把他们一个个都抓起来的,"贡贝特说,"最好挨个儿来,那个大个子要留给我亲自抓。现在事情已经开了头。"

"弗莱塔克知道这件事吗?"

"还不知道。不过等他知道了,也一定会站在我们这一边的。"

"要我把雷托恩叫来吗?"

"不用,"贡贝特说,"我到下面去找弗莱塔克,叫醒他,把这件事告诉他。"

"那么我留在这儿。"楚姆佩说。

"你小心看住他。"贡贝特说,"要是有人来,就把门锁上。"

"他在我手里,我一定会看好他。"楚姆佩说;他拔出门上的钥匙,把它塞进口袋里。"你放心去找弗莱塔克吧,告诉他,现在他该采取什么行动。"

"把这枚索针拿着。"贡贝特说。他把沉甸甸的索针交给楚姆佩后,就离开了桥楼。楚姆佩站在海图室的门前,背靠着门,俯视着下面的甲板,看着海湾上空寒冷早晨的阴暗的天色。低垂的云层笼罩在地平线上,风越刮越猛,飞溅的浪花蹿上了船头,打在前桅上噼啪作响,又化成细小的水珠飞上桥楼。巨大的火车渡轮在小岛后面消失了。

虽然他很想进海图室去看看那个被捆起来的家伙,但他还是站在外面,等着贡贝特回来,这时,他忽然听到里面传来一阵碰撞声和呻吟声,这使他担心起来,那个被捆住的人会不会连椅子都翻倒在地上了。于是,他打开门,走进海图室。卡斯帕里博士仍然坐在椅子上。他扭动着被捆住的身子,双脚蹬着地,想又扭又蹬带着椅子往后移动。看来他倒不像想要从绳索里挣脱出来,他只想移到墙边去。尽管楚姆佩站在他跟前,他也毫无顾忌,继续朝前移动。他喘着气,头朝后仰着,脖子伸得老长,一寸一寸地向前移动着。楚姆佩惊异地看着他,用索针的尖头顶住他的脖子说:"你老老实实地坐着。会尽早让你动个够的。"

"帮帮我的忙吧。"卡斯帕里博士说。

"怎么啦?你想干什么?"

"那边有面镜子。"卡斯帕里博士说。他头歪向那面长方形的刮胡子用的镜子,镜子挂在桌子上方坐着就能照到的墙上。

"就让它挂着吧。"楚姆佩说。

"我想照照镜子。"卡斯帕里博士说。

"你有一个很漂亮的脖子。"楚姆佩说。

"请您帮一下忙。"

"你的模样儿也很漂亮。"楚姆佩说,"我一直在想,一位绅士该有什么样的模样——现在我知道了。如果真有什么绅士的话,那么这些绅士的模样就像你这样。一位绅士即使被捆住了,他也要照照镜子。他胡子没刮就要上绞架,一定很伤心,是不是?"

"请您把我的椅子朝墙边转过去一点,或是请您把镜子放到桌子上。"

"我们船上可没有理发师。"楚姆佩说。

"我不需要理发师。"卡斯帕里博士说,"我只要这面镜子。"

"请问,你要镜子干什么?"

"以前我总喜欢坐在镜子前,照照自己的脸,有一段时间这竟成了我最喜欢干的事。"

"这种事也能使一位绅士感到充实。"楚姆佩说。

"我坐在镜子前,手里握着一把左轮手枪,瞄准我在镜子里的脸,瞄准前额、眼睛、下巴或两片嘴唇之间。我能够一连坐上几小时,看着我用左轮手枪瞄准的脸。"

"镜子你就拿去吧。"楚姆佩说。

"别的我不需要了。"卡斯帕里博士说。

楚姆佩从钩子上取下镜子,把它放在桌上。他还看了一下,确信卡斯帕里博士能够在镜子里照见自己的脸,然后说:"到适当的时候会给左轮手枪的。"说完便走了出去,锁上了海图室的门。

贡贝特依然没有回来,虽然楚姆佩有时以为听到他的脚步声了。他走到扶梯旁倾听了一会儿,又走到桥楼桁端上朝甲板上看看。过了一会儿,他听到有两个人走来的脚步声,他以为是贡贝特同弗莱塔克一起上桥楼来了。他走到扶梯旁去等他们。脚步声从左舷过道里传来,忽然停住了,过了一会儿又响了起来。现在他看到那两兄弟到了扶梯下面:埃迪走在前面,神情紧张,显出满腹狐疑的样子,冲锋枪别在腰部;在他后面跟着欧根,一副疲惫的样子,嘴里斜叼着一支烟。楚姆佩看见他俩停下来,听听后面的动静,他还没有来得及走掉,兄弟俩已经抬起头,定睛盯住了他。他们盯视着他,既不是因为吃惊,也不是因为感到意外或迷惘,而是想从他那里得到一种期望得到的表示,比如:打一声招呼,做一个手势,或者一个瞬间的动作。如果楚姆佩能够经受住他们盯视的目光,从容处之的话,他们也许就在下面走过去了。可是,楚姆佩突然缩回上身,向后面的桁端走去,于是他马上听到他俩走上来的脚步声。他把索针紧紧地抓在手里,注视着扶梯口,这时他俩出现在桥楼的平台上:先是来回晃动的冲锋枪的枪管,接着是埃迪,然后是欧根。他俩开始在桥楼上搜寻起来,先从楚姆佩身旁走过,到了另一个桁端,两人交头接耳了一番,指指下面挂在吊艇柱上的小艇,然后又走回来,眼睛紧紧地盯住楚姆佩,他俩走到他的面前。

"我们那个人在哪里?"埃迪问道。

"在餐厅里。"楚姆佩说,"他住在那儿。"

"他一定在这儿。"埃迪说。

"别在桥楼上乱找啦。"楚姆佩说。

"你不用担心,"大个子说,"我们不会把你的桥楼弄得乱七八糟的,我们甚至把脚底的泥都擦掉了。"

"你说,他在哪里?"埃迪又说了一句。

"你们平时不是样样都知道吗,"楚姆佩说,"为什么这件事你们不知道?"

"这儿有扇门。"大个子说着去扭门把,想把海图室的门打开。

"把你的爪子拿开,"楚姆佩说,"谁也不准进海图室找东西,只有船长和驾驶员才可以进去。"

欧根歪着脑袋,发出一阵阵傻笑,又去使劲摇门,楚姆佩不由自主地走近他的身边,同时握住了口袋里的索针。

"开门,你开门,"欧根说,"快开,否则我就不客气了。"

"把你的爪子从门把上拿开。"楚姆佩警告他说。

"你来,矮子,把门打开。"埃迪说。

"只有船长和驾驶员才有权开门。"

"还有我们,"埃迪说,"我们说的话跟船长说的一样有用,难道连这一点你也不明白?"

"他不明事理,"欧根说,"矮得太不明事理了。"

大个子又使劲摇了一下门,然后弯下身子从钥匙孔里朝门里张望。埃迪在一旁看着他的脸,似乎想马上知道他哥哥在海图室里看到了什么。就在这一瞬间,楚姆佩从口袋里掏出索针,举手要刺。他已经看准了要刺的部位:埃迪的肩膀和脖子之间,索针的尖头要从这里刺进去。可是他的手还没有来得及刺下去,欧根已经发现了海图室里那个被捆住的人,随即抬起头来,看到举在他弟弟肩膀上的那只手。他赶紧用胳膊肘朝他弟弟猛地一推,埃迪跟跟跄跄地朝桥楼的栏杆倒去,他的后背抵住栏杆,又像拳击手从围栏的绳子上撑起身子般纵身跳起,开枪射击。

冲锋枪的枪管斜着由下而上地一阵扫射,枪口迸出一串小火星。子弹穿过楚姆佩的身体,从腰部到锁骨都中了子弹。子弹像一阵狂风似的把他抛到桥楼的桁端上。他跪倒下去,露出吃惊的样子,十分惊异地在那儿跪了片刻,接着扑倒在地上。他的双脚在桥楼平台上微微抽搐了几下,他那像兽角一样坚硬的手指向一边摸索着抓挠了一会儿。

"你瞧,"欧根沮丧地说,"你瞧。"

埃迪用脚把弹出的子弹壳踢到一边说:

"快,他们马上就要来了。我们得赶紧动手。"

"博士就关在这里面。"欧根说。

"那就把门打开。"

"我试过了,"欧根说,"可是门很结实。"

"你走开,"埃迪说,"到我后面去。"

他端起冲锋枪,斜对着门锁扫射,门板被打成了碎片,弹壳在甲板上弹跳,噼啪作响。门上子弹射中的地方冒出一股淡淡的烟雾。他朝门锁扫射了几次,锁簧断裂了,门霍地弹开。当埃迪把枪管转向扶梯口时,欧根走进了海图室,给卡斯帕里博士解开了绳子,卡斯帕里博士满意地微微一笑,揉着手腕和脖子,然后从烟盒里抽出一支烟,小心地把它放进烟嘴,点燃了抽起来。

"谢谢,欧根。"他很有礼貌地说,"这件事我将永世不忘。"

"受惊了吧?"欧根关心地问道。

"没什么,他们真是蠢透了。"卡斯帕里博士说,"他们的所作所为实在好笑,他们的异想天开和犯罪行为简直可笑极了。"

"我们得赶快离开这儿。"大个子说。

"为什么?现在我们可以安安心心地吃早饭了。"

"外面躺着一个人呢,脸朝着地。"欧根说,"就是那个矮子,他真是自己找死。"

"我都听见了。"卡斯帕里博士说。

"你们现在出来吧。"埃迪在桥楼上叫道。

"埃迪马上要发火了。"欧根说。

"那我们就出去吧。"卡斯帕里博士说。

他们离开海图室的时候,听到甲板上传来船员们的声音、弗莱塔克的说话声、雷托恩嘶哑的嗓音、厨师惊恐的叫声:"有人开枪了,这儿有人开枪了。"接着他们听到下面传来一阵脚步声,听到有人嗒嗒嗒地走上了扶梯。过了一会儿,弗莱塔克的脸在平台上露了出来,当他发现埃迪、看到冲锋枪的枪口对准自己时,他吃了一惊,但是没有退缩,而是慢慢地继续往上走,非常缓慢,非常吃力,仿佛他所瞥见的枪口要他使出浑身的力气似的。等到他的上半身露出平台时,他停住了,犹豫起来。现在,他注视着那个又开双腿站在上面的人,那人十分冷静地、令人难以捉摸地看着他,接着轻声地说:

"不准再上来!"

弗莱塔克听从了。这声警告给他一种安全感。他感到他到了最后的界限,只要他不越过这条界限,就不会出事。他的目光从埃迪身上移开,向桥楼和桁端看去,他看到楚姆佩躺在那儿:双手平伸着压在平台上,好像他在倒下时想用手撑住身体似的。

"往后退。"埃迪命令说,"全退下去待着,等我们下来。我们现在就下来。"

"请让开,"卡斯帕里博士说,"从扶梯上退下去。"

弗莱塔克又听从了。他慢慢地退了下去。下面的几个人悄悄地商量了一阵,然后从左舷上走掉了,因此,当他们三人——埃迪走在最前面,卡斯帕里博士走在最后面——下了桥楼,朝餐厅走去时,没有碰到一个人。大个子为预防万一,事先已将餐厅的门锁上了。等他们开门进了餐厅,又把门关上后,弗莱塔克、贡贝特、雷托恩才从他们待着的厨房里走出来,登上了桥楼。

贡贝特在楚姆佩的身边跪了下来,把他的身体翻了过来。他的身体下压着索针,这枚索针是贡贝特亲手交给他的。他的身上有一条血迹，从腰部一直穿到肩部，像是一条血红的绶带似的，这是子弹射中他的身体后流血染成的。他的脸上仍然保留着痛苦惊愕的表情，这是一种犹如刻在面具上的表情，既呆板又僵硬。他们脱下帽子，低头向楚姆佩默哀。然后弗莱塔克跪下去，把楚姆佩的上衣解开，掏出衣袋里的全部东西。他把一个烟斗、一把水手刀、几颗镀锌的钉子和一只压瘪了的烟盒放在甲板上。最后，他掏出了被子弹打穿了的信封。他打开信封，发现一张用玻璃纸包着的旧报纸，这是一张剪报，上面污渍斑斑。他知道这是楚姆佩的讣告。以前每当有新船员上船时，楚姆佩总要把它拿出来让大家传看。他把这些东西都塞进自己的口袋里，站了起来。

"把他送到下面去。"弗莱塔克对贡贝特说。

"送到哪里？"

"送到船帆舱里。"

"要我把他善后的事都办了吗？"贡贝特问。

"为什么问这个？"

"如果供应艇来了，就可以把他送上岸去。"

"我不知道，"弗莱塔克说，"先把他送到下面去。"

贡贝特抬起死者的肩膀，把他拖到扶梯旁。海图室的那扇门被风吹得来回碰撞，弗莱塔克推开门，把楚姆佩的遗物全部都放在桌子上，再用航海日志盖好。

"你打算怎么办呢？"雷托恩问道，"我们必须向港务局报告楚姆佩死亡的事，港务局应该知道这件事，楚姆佩的家属也应该知道这件事。"

"他没有家属了。"弗莱塔克说,"每当我们进船坞修船时,我不知道他在哪儿待着,也不知道他干些什么。我只知道没有人在等他。"

"那么至少应该让港务局知道这件事。"雷托恩说。

"他不慎重,"弗莱塔克说,"楚姆佩没有照我们约定的方法去做。"

"你是说,一切都怪他?"

"不,"弗莱塔克说,"不能怪他,而要怪那个在浓雾中砍断缆绳放走小艇的人。如果佐尔佐夫把他们的小艇修好,那么他们现在就不在船上了。我们就可以报警,我想,他们走不到二十海里,就会被抓住了。"

"小艇的缆绳不是我砍断的。"雷托恩说。

"那么是谁呢?"弗莱塔克大声问道。

"不是我,我也没有叫别人去砍断小艇的缆绳。我向你保证。"

"你要知道,我认为你的保证一文不值。"弗莱塔克轻蔑地说。

"不是我干的。"雷托恩说。

"你走吧,"弗莱塔克说,"我现在用不着你了。"

他让雷托恩站在那儿,自己拉过一把椅子坐了下来,看着航海日志,然后把它拿在手里,打开来。他久久地念着最近的几次日记,是他亲手写的,然而现在读起来,却感到这些日记仿佛来自另一个陌生的时代,仿佛是由另一个人写的,而不是由现在的他写的,或者说他不相信是他写的。日记写的是海上消息、天气报告、海湾里船只航行动态——这一切他觉得都不可信,特别是千篇一律的结尾：无特殊情况，更使他觉得像是一种随口编造的谎言，似乎他想以此来掩盖他的失职行为，掩盖他在确切了解一切新情况方面的无能。他在感觉到这一点的时候，打开了航海日志，开始写起来。以前，写明一天的情况有十行就足够了，可是现在——当他写了整整一页时——他发现还得加上附页。他用回形针把附页别在印有日期的正页之后。他把耳闻目睹的事全记了下来，他记下了他的命令、船员们的行为、三个乘船失事者的行为，这一切从第一天起全记下来了。他相信丝毫也没有遗漏，无论是他本人的猜测，还是他同他们谈话的要点，他全记下来了。第一天的情况，他写了整整四页，但他总觉得这一天的情况还不完整，总还缺点什么。

突然他抬起头来。那扇门的锁已被打坏了。门在风中不断摆动；他看见一只脚从门缝里伸进来，一只手扶住被打裂了的门框。弗莱塔克立即合上航海日志，把它放到书架上，又伸手把那些从楚姆佩口袋里掏出来的东西全拿了过来。他觉得身后的门被推开了，有人进来，走到他近旁，屏住了呼吸，但他没有转过身去看，虽然那个进来的人似乎想迫使他转过身来。接着他听见卡斯帕里博士温和而清晰的声音。

"我不得不再次回来，"他说，"我知道，这样做会打扰您的，不过我必须来对您说，我对刚才发生的事故感到十分遗憾。"

"这不是事故，"弗莱塔克说，"这是谋杀。"

"您忘了一点：这是在自卫中发生的事。"

"我只看到我所看到的事。"

"一个人看到的事不足为据。"

"您走吧,"弗莱塔克说,"到您的伙伴那儿去吧。"

"我的伙伴对这件事也同样感到遗憾。"

"您和您的伙伴从来没有对什么事感到遗憾过。"

"您也许说对了,"卡斯帕里博士说,"我们也许从来没有对什么感到遗憾过,因为对事情感到遗憾的人,就不想把事情忘掉,而我们却想把一切彻底忘掉,在这一点上我的伙伴——正如您所说——同我完全一样。尽管如此,我还是上来找您,至少我要告诉您,刚才发生的事本来是可以避免的。"

"您要说的就是这些吗?"弗莱塔克问道。

"不,"卡斯帕里博士彬彬有礼地说,"不止这些,我还有别的事要对您说。我们决定离开这儿,不幸的是,我们不能一开门就走掉,因为不是每个人都能在水上行走的。我们得靠你们的帮助,如果你们的小艇在两天内不能修好的话,那么就得请您帮忙,用灯塔船把我们送到我们想去的地方。我们有办法能使您帮助我们,船长,您相信这一点好了。我知道您会如何回答,您有什么信念,不过,请您别走得太远,到头来不得不尝尝这两者的苦果。有一样东西,它比所有的信念都厉害,至少在紧急情况下是如此。"

"我知道,您自以为很厉害。一个人口袋里有支左轮手枪,说起话来就像您一样。不过,我倒想听听,如果您没有枪或者我们也有枪的话,您如何说话。"

"您说的事并不新鲜,船长,今天一支左轮手枪能改变一个人说话的语气,这种情况古代就有,第一张石弩的产生就使人与人之间交谈的语气发生了改变:有武器的人跟没有武器的人说话,语气总是不一样的。顺便说一下,我已下定决心在口袋里也放一样东西,虽然我讨厌在口袋里放任何重东西。也许您能把这一点告诉您手下的那个人,那个认为厕所是个好地方,可以在里面把我打倒的人。我只是希望,这件事是在您事先不知道的情况下发生的。"

"您不要错误地估计形势,"弗莱塔克说,"您千万不要错误地估计形势。如果您企图用暴力强迫我们起锚的话,那您会受到惩罚的。在船上您其他的事都可以试一试,但这件事不可以。否则,后果将会出乎您的意料。"

卡斯帕里博士发现了桌上的钢笔,他朝书架上的航海日志看了一眼,然后把它拿出来,打开读起来。他的太阳镜的镜架已用细铁丝扎好,镜片少了一块,因此他的脸现在看起来很像猫头鹰。他无动于衷地读完了弗莱塔克写下的日记,然后把航海日志放在桌上,从中撕掉了几页。

"您会同意我这样做的,"他说,"我这样做同我的看法是一致的,我认为,我们要是最终给灯塔船保守一个秘密,隐瞒一件有损它名誉的事,这对它来说是有好处的。此外,您是知道的,我们不太愿意留下什么痕迹。"

"供应艇。"雷托恩从瞭望台上朝桥楼喊道。

"供应艇来了。"弗莱塔克说着,站起身来。

"这是什么意思?"卡斯帕里博士问道。

"就是您听到的这些,没有别的意思。"弗莱塔克说着,又站起身来,"供应艇靠上来了。"

"哦,有客人来了。"卡斯帕里博士说。

"受人欢迎的客人。"弗莱塔克说。

"供应艇在这儿待的时间长吗?"

"这就取决于我们了。"弗莱塔克说,"取决于我们有多少话要说。"

"我怕您没有太多的话要说。"

"总有些事要说说的。"

"很好,"卡斯帕里博士说,"我们将离开餐厅,搬到这儿来住,搬到桥楼上来——至少在您的客人逗留期间,我们住在上面。船长,您也知道,在这种处境下,要是他们硬逼我们的话,我们会干出什么事来。在您同他们讲话的时候,请您不要忘记这一点。"

"您有什么要求?"弗莱塔克问道。

"我要您对至关重要的事避而不讲——就像在一本好小说中一样,这种事是不讲的。人们不必样样事都搞清楚,有些事糊弄过去就算了。如果您的客人提出问题或开始感到惊奇的话,那您就叫他们去查百科词典吧。"

"你们……"

"嗯,您想说什么?"

"我想说,你们总有一天会落到我的手里,"弗莱塔克说,"我要把你们三个都抓起来,一个个地抓,或者像你们所希望的那样一起抓起来,老实说,我想跟你们谈谈,你们是如此渺小,太渺小了。"

"您别弄错了,船长。一个人是否高大,不仅取决于他的动机,而且取决于他的人体结构。"

弗莱塔克把航海日志放回原处，然后，朝下面的舷梯走去，那儿已站着一部分船员，在等着供应艇的到来。这艘供应艇吃水很深，此刻正径直朝灯塔船开来。它那长长的船头破开层层波浪，海水一直涌到狭窄的护舷碰垫。有人在艇尾掌舵，它摇摇晃晃地开过来，显得越来越宽。这时，在艇尾的那个人向灯塔船挥手打招呼，他站起身来，扶稳夹在两腿之间的舵把，站着把小艇靠在舷梯边上。

弗莱塔克没有转过头来，只是抬眼朝桥楼上瞟了一眼，他瞥见那两兄弟弯着腰站在栏杆后面，他知道他们手中拿着武器。弗莱塔克趁缆绳还没有砰砰地往供应艇上扔的时候，对贡贝特做了个手势，向他嘱咐了几句，贡贝特马上走到舷梯边，向站在那儿的每个船员悄悄地说了几句。接着，供应艇上的人登上了甲板，那是两个穿着厚厚短上衣的人，个子很高，胡子刮得不干净，头上戴着黑色鸭舌帽，裤腿塞在靴子里。他们说了声"你好"，就把双手插在口袋里，朝餐厅方向嗅了嗅。

"要是在这儿找不到什么喝的，"其中的一个说道，"我马上就会渴死了。我已经渴得两眼发黑了。"

"那我们就上餐厅吧。"弗莱塔克说。

他们坐在几位前任船长发黄的照片下，先喝掺茶的朗姆酒，在他们喝酒的时候，其他人就从供应艇上卸下货物和邮件。然后，弗莱塔克把一盒上等香烟递给他们，又取出一瓶名贵的法国白兰地。他们两个就把烟斗敲干净，把盛着掺茶的朗姆酒的酒杯搁到一边，其中一个说道：

"一般说来，在清仓大甩卖的时候只能买到蹩脚货，你们这儿正好相反，在年终大甩卖的时候却把好货摆出来了。"

"最后一班岗你们感觉怎么样？"另一个问道。

"和往常不一样。"弗莱塔克说，"我简直不能想象我们要离开这儿。"

"这我已料到了。"这一个说。

"你认识博恩扎克吗？"另一个问道，"他的灯塔船停泊在运河口外的海面上。当这条船被拖进港口时，他叫人把一艘报废的旧船上的设施拆下来，运到岸上，把它买下来，然后把这些东西照他船上的样子布置起来。他住在里面就像住在船上一样。您也想这样做吗？"

"我不知道，"弗莱塔克说，"我还没有上岸呢。"

"不过也没有多长时间了。"

"要是一切都能顺顺利利的话，我就高兴啦。"

"为什么你一点酒也不喝呢？"这一个问道，"这是上等的法国白兰地，何况又是你的酒。"

"现在还不到喝的时候。"弗莱塔克说。

"那么，为你们的健康干杯。"另一个说。

他们喝了酒，又叹了一口气。后来其中的一个说：

"在这艘破船被拖进港之前，我们该向它告别一下。"

"这就没有必要了。"另一个说。

"再喝点什么吧。"弗莱塔克说。

"好主意。"这一个说，他闭着眼睛，悠然地抽了一口烟。

"我也该给你们带来一点东西,"另一个说,"是一件告别礼物。"

他小心翼翼地把一只圆盒子放在桌上,解开绳子,请弗莱塔克揭开盖子。

"一个蛋糕?"弗莱塔克问道。

"像上次的一样,"这一个说,"不过这次的蛋糕里只有樱桃。"

"要快点把它吃掉,因为在这最后三天里有许多人要来,他们会带许多蛋糕上船来,足够你们开一家食品店了。"

"我找特里特尔去,叫他给我们煮一壶咖啡。"弗莱塔克说。

"让我去吧,"另一个说,"这事我可以干,这样我也可以顺便转一转,看看你们的船。"

"我找他更容易些,"弗莱塔克说,"我马上回来。你们在这段时间里再喝一杯法国白兰地。"

"我没有异议。"这一个说。

"在你们这儿就像在家里一样舒服。"另一个说,"因此我也不想打扰你们舒适的生活。"

"咦,这里有颗子弹,"这一个说,"滑膛枪里的子弹。你们还打野鸭子?"

弗莱塔克从他手里把子弹拿过去。"这是弗雷德丢掉的。"他说,"他是我的孩子,我把他带到船上来了。"

"你快去吧,"另一个说,"不然的话,这一瓶酒要给我们全喝完了。"

"我不知道,我更应该欣赏您的哪一点,"卡斯帕里博士对弗莱塔克说，"是您的小心谨慎，还是您的坚定立场。无论如何，要是没有您的帮助，您的朋友简直上不了他们的供应艇了，而您给了他们这样一个印象：好像您在这段时间里一直在船上休息似的。您认为供应艇肯定能找得到回去的路吗？"

"这点不用您担心。"弗莱塔克说。

"可他们是您的朋友啊，"卡斯帕里博士说，"他们离开船的时候，都喝得烂醉了，走起路来摇摇晃晃的，因此我的担心不是没有道理的。"

弗莱塔克坐在一张绷着帆布的折叠椅上，目送着尾灯暗淡的供应艇在苍茫暮色中渐渐远去。下午，他们在一起喝了两次咖啡，在喝咖啡前和喝咖啡时又喝了法国白兰地。要不是弗莱塔克提醒他们的话，这两个穿短上衣的高个子都忘了他们还得赶回去。几年来，他们驾着船在海里颠簸，为灯塔船送物品，但从来没有像这次这样喝得动不了身，到最后他们没有一个能说话了。他们默默地相对而坐，耷拉着眼皮，身体不时地朝前倒下，这时他们又惊醒过来，重新坐直了身子，咂着嘴，又伸手去拿酒杯。他们中的一个用胳臂托着脑袋坐在那儿，弗莱塔克的目光从他的胳臂下面望着餐厅的门，又从他那通红的耳朵旁望着舷窗外面。海上的风平息下来，苍茫的暮色笼罩在海湾上面，弗莱塔克知道，他们在期待什么。他站了起来，把这两个人带到小艇上，然后走上了桥楼。无线电天线的轰鸣声已经停止，灯塔船系着长长的锚链一动不动地停泊在水面上。两只海豚游过，突然纵身向上跃起，在空中划了一条弧线又落了下来，钻进水中，一会儿又冒了出来，吱的一声喷出了一小股水柱；

它们向外海游去，在暗淡的水面上划出一条波痕。现在海面上没有反光，阴沉沉、灰蒙蒙的。映在小岛上的那一片深蓝色的天光已经消失，沉船示警浮标的绿色警示灯也看不见了，海面上没有一个地方可以看到动荡的海水发出的耀眼的古铜色的闪光，地平线上原先像是一条闪烁的映影似的海岸线此刻好像漂浮在水面上，呈现出一片铁灰色，随着暮色越来越浓，渐渐地沉没了。他们发出海面险情警告。

卡斯帕里博士把望远镜的细皮带套在他的脖子上。他从海图室里搬出了一把椅子，向弗莱塔克做了个请求他同意的手势，便坐了下去。他架着望远镜久久地看着供应艇，看着供应艇的暗淡的尾灯渐渐地沉入海中，最后它像是不知从哪里冒出来似的在水上滑行，模模糊糊，闪烁不定，突然一下子跌入海里，一点也看不见了。

"我猜测，他们很快就要靠岸了。"卡斯帕里博士说，"无论如何，在暴风雨到来之前，他们就能到家。船长，您是否也认为我们有什么可期待的？"

"你们可以期待很多东西。"弗莱塔克说。

"这话并不使我感到意外，"卡斯帕里博士说，"我一直在期待什么。多年来，我每天都期待着收到一沓结账的票据。"

"您会收到的，"弗莱塔克说，"也许很快就会收到。"

"越快越好，"卡斯帕里博士说，"一个欠债的人到最后总是期待及时看到账单。要是到了规定时间账单总是不来，他就会变得多疑，不禁自问，这其中究竟有什么缘故。"

"人家一定不会忘记您的。"弗莱塔克说。

"我并不如此充满信心。"卡斯帕里博士说。

弗莱塔克一直靠着栏杆朝着大海说话,没有朝卡斯帕里博士看上一眼。现在他转过身来,对卡斯帕里博士说:"我一生中遇到过许多这样的人;我一看见他们就感到厌恶,我恨不得把这些家伙当成废龙骨拖在船后,在世上所有的大海里航行。但是,还没有一个人像您那样使我感到讨厌。我有时问自己,像您这种人到底有没有父亲?"

"说来您别见笑,"卡斯帕里博士说,"我有一个父亲。因为您已经问起他,我不得不奉告:他甚至还是一个有名的虔诚的人,至少在铁路沿线的旅客中是这样的。因为您很少乘火车,所以几乎不认识他。但是,只要一提起我父亲的名字,许多人就会想起来。第一次世界大战后不久,我父亲几乎在北德所有的火车站里开设了售货亭,出售南方水果和宗教图书。售货亭上写着一行小字:'赖因霍尔德·卡斯帕里售货亭,货真价实。'这字也印在水果袋上,而宗教图书的书名都与旅游者的旅行有关,如《条条道路通向圣父》,或者是典出《圣经》的《穿过针眼的旅行》等。有一次,我还看到这样的书名:《只有圣父才能把你舒舒服服地带到目的地》,旅客看到这样的书名,就能想起我的父亲和他的橙子。售货亭的生意很红火;我父亲认识到,火车上的旅客口渴比挨饿更难受,他发财应归功于这一简单的道理。"

卡斯帕里博士微微一笑,沉默了片刻,他点燃了一支香烟,又接着说下去:"船长,您是第一个听我讲这些事的人,我也是破题儿第一遭谈起我的父亲。我对他的评价不怎么高。"

弗莱塔克吃惊地掉过头来看着他。像上次一样，他这次讲的话听起来也是那样诚恳，好像在招供什么。船长感到卡斯帕里博士不只是想跟他聊聊而已。弗莱塔克说："看来您父亲对您的评价也同样不怎么高。"他开口说这话的时候，发现他说的话同他想说的话不一样。

"您说得对，"卡斯帕里博士说，"他常常设法让我明白这一点。在我父亲赚了一笔钱后不久，他就把售货亭全出租了，自己关在家里，只对两件事感兴趣：钻研《圣经》和家史。从《圣经》研究方面来说，他成了有名的《圣经》评注家。他为《旧约全书》写的评注主日报刊很乐意刊登。不过，就如我父亲向人暗示的那样，稿酬微乎其微。在研究家史方面，我父亲想必发现了家族史不长，甚至无法上溯到十字军东征的年代，这使他苦恼不已。不仅如此，在翻阅史料时，他还发现了一件使他更加苦恼的事：每隔四十年，在我们这个并不怎么惹人注目的家族里，总会出现一个惹人注目的叛逆者——惯偷、骗子、凶手。他是在我十六岁生日那天，向全家宣布这个发现的。不过，他还补充说，这些叛逆者毫无例外都是有才华的人。他用这样的话来说明他研究得出的结论：现在正好又过去了清清白白的四十年。说着，他以咄咄逼人的目光默默地审视我，好像他只能这样做似的。其实，他也同样有理由去审视我的孪生兄弟拉尔夫。不管怎样，那天晚上，我做了下面的这件事：走到镜子前照了照，我看到了一个自己不认识的人。"

一阵强劲的风从灯塔船上刮过，吼叫着扫到水面上，起初水面上泛着瓦垄板似的水波，这时涌起了滚滚波涛，但海湾里的广阔的水面上依然风平浪静，一片黯然，似乎有一排无形的篱笆，曲曲折折地伸向海岸，为海岸挡住了风。灯塔船在翻滚的海浪中，似乎升高了，它轻轻地晃动，被锚链拉得转来转去，船头的桅杆在慢慢转动，好像在设法转到新的阵风可能吹来的方向。船首的锚链箱里传来喀喀的响声。贡贝特把船首收拾好，便走到前面，朝一直垂到海底的锚链看了看。在小岛的后面，有一艘多桅帆船在抛锚停泊。

"暴风雨现在好像开始来临了。"卡斯帕里博士满不在乎地嘀咕了一句。

弗莱塔克一声不吭，把短上衣的领子翻了起来。

"不管怎样，"卡斯帕里博士说，"您可以想象得到，当我父亲目光咄咄逼人审视我的时候，我是怎样的心情。看来他似乎认为我是最适合或者注定要充当家传叛逆者的人，这种人四十年便会轮到一个。我没法说，我当时是否感到害怕。我只是开始考虑这件事——并没有开始行动，连我房间里的苍蝇都没有去伤害。后来，当我的孪生弟弟拉尔夫决定学习法律时，我也决定学习法律。我们听同样的课，写同样的论文，许多人——当然我父亲不在其内，他在我上大学时去世了——都预言：我们兄弟俩一致努力，以后一定会创办一个法律事务所，信笺上印着：卡斯帕里兄弟事务所。

"这些人几乎说对了，可是后来——这使我不由想起我父亲最喜欢评注的《旧约全书》中的预言——我们家族传统要求我成为叛逆者。我得说，我的第一次叛逆完全是出于本能，或者说是一时冲动。我偶然成了一桩敲诈案的见证人；我愤怒地反抗这个敲诈者，我发现除了用同样的方法惩罚他外，别无他法。那个敲诈者只得忍气吞声地接受惩罚，因此我认为在这桩案件里我的所作所为是无可非议的。但同时，我又把这种自我辩解扩大开来，使之成了我为以后同样行为辩解的借口。这种扩大化了的借口，当然来自我的家族传统：正好已经过了清清白白的四十年，一个叛逆者必将出现。这个事实使我得出这样的结论：我的家庭似乎事先已经容许我放任自流，容许我具有一个不光彩的人所具有的一切——特殊的癖疾、特殊的恶习和一种特殊的道德。

"一个人在选择犯什么罪的时候，也可能会选错，因此我从容行事，周密计划。为了干出一些引人注目的事来，一个人必须毫无约束——这是普遍适用的先决条件。我得感谢我的父亲使我具备了这个条件。也许正是他自己有一天——谁知道是怎么回事——促使我负起实现家庭这一传统规律的使命……您还在听我说吗？好……于是，我开始注意自己的爱好，我的需要。不久，我就发现我正在痛苦地寻求一种不寻常的生活：我要容纳、收集、占有比在一般生活中所能搞到的更多的东西。我们都是自身的奴隶，就像禁锢在琥珀里的昆虫一样。我们都被钉在这种生活的十字架上，每一种异样的经验都得先通过自我这个要塞的大门，被偷偷运进来，然后才能获得。这不太合我的心意，我不想仅仅作为自我而存在，不想仅仅以我沃尔夫拉姆·卡斯帕里这个可怜的身份而生活，因此，我开始有计划地为自己安排多重生活……您还有兴趣听吗？"

卡斯帕里博士停了一会儿，沉思着，在他的臀部擦着那枚粗笨的纹章戒指，好像要擦掉蒙在他记忆上的一层灰尘似的，然后他把一只手搭在弗莱塔克的肩膀上,用另一只手指着在黑暗中漂浮的一件东西。

"瞧那儿,"他说,"您瞧见那东西了吗?"

那是一件微微闪光的东西,漂浮在汹涌的波浪中,从灯塔船旁漂过。弗莱塔克站起身来,看着这东西漂走,没有吭声。现在船头深深地沉入水中,承受着激浪的冲击,波浪泛起的泡沫一直溅到中层甲板上,灯塔船用力地拽紧锚链,仿佛要带着锚链腾空而起似的。无线电天线和船桅支索在狂风中呼啸,对面小岛上亮起灯光,朦朦胧胧的灯光向这边闪过来。海面上布满了泡沫。

"他真是神经错乱了,"弗莱塔克心里想道,"他是一个头脑发热的人。有些家伙因为一事无成,所以对生活感到不满意,他就是这样的一个人。"

"您瞧,"卡斯帕里博士说,他提高了嗓门,以便让人听得更明白些,"我为实施这一计划找到了一个切入点:我要为自己安排三种生活。第一种生活几乎可以说得来全不费工夫,或者说就像是有人为我送来了一道菜,虽然我没有点过这道菜,但它看上去是那样的好看,因此我还是决定品尝一下:这就是我孪生弟弟拉尔夫的生活。我冒名顶起了他的生活是在一起翻船事故之后。有一次,我们一起在易北河入海口乘帆船航海,我们的船翻了。当时我对自己的游泳技术到底有多高,心里一点数也没有,您知道,溺水者最爱死死抓住救命的人不放,所以我不敢尽自己的微弱之力去救他,而且这样做看来也是徒劳的。我自己好不容易死里逃生,爬上了岸。我的弟弟淹死了。可我对外宣称我自己淹死了，并接管了我弟弟的律师事务，成了汉堡律师，过起了律师的生活……您在听吗？我还没有讲完……"

弗莱塔克已经站起来了，这时他走进海图室，把来回摆动的门固定住。他在海图室里待了一会儿，又走了出来，俯视着承受重压的灯塔船，每一个浪头扑来，灯塔船都像是受到猛击似的发颤，翘起了船头。飞溅的浪花打湿了他叼在嘴里的熄灭了的烟头，他觉得嘴里有一股苦涩的烟草味。导航信号灯射出的光柱像支耀眼的箭，划破了沉沉的夜幕，一会儿熄灭了，一会儿又亮了。海湾外的公海上，信号灯光不时地在交替闪烁。

"这是我为自己安排的第一种生活。"卡斯帕里博士说。

"够了。"弗莱塔克说，他用一种十分鄙夷的目光打量着这个人。

"现在我来讲第二种生活。"

"您以后可以讲给您的法官听，"弗莱塔克说，"我没时间听您讲。"

"您对我的生活不感兴趣吗？"卡斯帕里博士问道。

"太感兴趣了，简直叫您受不了，"弗莱塔克说，"不过，我现在没有时间听。这条船要我去照料了，因为今天夜里有暴风雨。"

"我可以留在上面吗？"

"随您的便。"

"还有一件事，船长。您的舵手并没有砍断我们小艇上的缆绳。这是我干的，是我亲手把缆绳砍断，把小艇推到茫茫大雾中去的。"

弗莱塔克已经走到扶梯口，这时又转身走了回来。

"您为什么要这样做?"他问。

"噢,"卡斯帕里博士说,"我只是想防止我们的船再次在海上出故障。我不想让我们的船仅仅驶了一海里就没法开了。一个出色的机修工是可以做到这一点的。我要绝对安全地离开,船长。我相信,对我们来说,要达到目的地,最可靠的办法就是用你们的灯塔船,同你们一起航行。因此,我把我们的小艇的缆绳砍断了。我觉得我们的那条小艇简直像只捕鼠笼——我觉得你们船上的小艇也很像只捕鼠笼。这您能理解吗?"

弗莱塔克看出卡斯帕里博士此刻在打什么主意。他看到他不由自主地弯下身子,把一只手插进外衣的口袋,在里面摸着什么东西,然后不动声色地把它握在手里。

"怎么样?"他问道,"我什么时候再给您讲下去,船长?我很愿意给您讲下去。我以前还没有碰到过一个像您这样可以如此信赖的人,船长。这究竟是什么原因呢?是因为我们彼此完全理解吗?是因为您我的处境相同吗?或许是因为我们各自掌握了彼此的命运,所以我才愿意一股脑儿地向您讲述我的身世?每个人都活像他的对手,他找不到比对手更亲密的人了。"

弗莱塔克没有吭声。他转过身来,走下扶梯。他知道卡斯帕里博士站在他的上方,正微笑着目送他离去。他走进自己的舱室,穿上长筒靴和橡皮雨衣,戴上呢帽,然后站在那儿倾听起来,两手紧紧抓住床上的铁架子,倾听着船身咯吱咯吱和船壁喀嚓喀嚓的声音。"这么说,他已经觉察到了,"弗莱塔克心里想道,"他已经觉察到我打算干的事了。佐尔佐夫是不会告诉他的,而佐尔佐夫是唯

101

一知道我有什么打算的人。卡斯帕里博士全都看出来了，他知道我们只是想把他们打发走，让他们的小艇在海湾上驶出一海里，然后像只托盘似的漂浮在那儿，等警察来把他们抓走。这个打算算是落空了。现在他会强迫我们——是的，他和另外两个同伙会强迫我们到船楼去，他们会手持冲锋枪或手枪站在那儿，他们三个人会一起用枪逼着我们开船。他们企图乘灯塔船逃走，除此以外他们是没有办法逃走的。现在我们对他们的企图得有所准备。"

此刻，他觉得脚下的船在剧烈地上下颠簸，一会儿船头猛地往下一沉，一会儿又突然耸起，像是直立在第一桅杆上。他的身体被抛向床架，他飞快地用双手向前撑住床架，身体才没有撞到床上。他听到椅子滑过地板，嘭的一声撞在墙上。每当船遭到巨浪冲击时，船上便发出沉闷的噼啪声，船身像是打寒战似的抖动起来。船头又猛地一沉，船身倾斜得更厉害，壁柜的小门被弹开，弗雷德的箱子从顶格中滑出来，呼的一声掉了下来。"也许这正是时候，"弗莱塔克想道，"暴风雨的来临可能正是改变局面的时候。现在我们必须另想办法。"他思忖，是否应该去菲利普那儿，同他谈谈，尽管他知道，港务局一接到关于他们处境的报告，就会立即采取措施：派出警艇，并要求他和全体船员同警察密切配合，港务局会毫不怀疑，这是他们提出的最好的建议。然而他不用多费脑筋，就能事先估计到，警艇在灯塔船前一出现，船上会发生什么事。他想起了贡贝特，想起贡贝特把卡斯帕里博士带进海图室后想干的事。当时他反对这样做，因为他有自己的计划，可是现在他的计划再也无法实现了。那么他是否还是反对贡贝特或者其他船员不得不动手干的事呢？弗莱塔克思忖着，却下不了决心。他把箱子和椅子搁在自己床上，然后，曲起胳膊肘撑着墙走下过道，直走到船的前部，再朝下面的船帆舱走去。这时船颠簸得厉害。他只能用四肢向下面爬去，一直爬到了船帆舱。现在他听到了海水拍击船头的嘭嘭声，他听得那么清楚，感到海水近在眼前，他不由自主地缩起了头。他急忙抓住门把，使劲推开了门；他的手沿着墙向上摸电灯开关。他扭了一下开关，可是灯没亮。他只好蹲在那儿，想到楚姆佩一定躺在他前面或身旁不远的地方，躺在应急备用的船帆之间，周围是一片令人窒息的黑暗。他想，卡斯帕里会不会强迫他们升帆呢？

瞬间，他确信听到了一个人的脚步声，听到那人的咒骂声和身体在过道里的碰撞声。他听声音以为那人是弗雷德。他等了一会儿，却不见有人走到前面的船帆舱。于是，他离开了船帆舱，用四肢爬了回去，到了上面的报务室。里面没人。他走到桥楼，在这里他也没有碰到任何人——虽然他估计会在这儿碰到卡斯帕里博士。他正想上瞭望台时，埃迪挡住了他的路。弗莱塔克马上认出了他：埃迪一只手抓紧铁栏杆，一只手握着冲锋枪，费力地把枪管抵住弗莱塔克的腰部。这时，一个海浪把灯塔船高高抛起，又猛地摔了下去，埃迪的身体被重重地撞在栏杆上，痛得直喊，把枪收了回去，弗莱塔克不由微微一笑。

"出了什么事？"弗莱塔克大声问道。

"我哥哥不见了。"埃迪大声说。

"我没见到他！"

"他不见了！"

埃迪做了个手势，要弗莱塔克跟他走到挡风的地方。他俩紧紧抓住彼此的身体，脸靠得很近，他俩都能感到对方呼出的热气。

"他在哪儿？"埃迪吼道。

"我没有时间照顾他。"弗莱塔克说。

埃迪做了个生气的手势。

"我要找到他。"他恶狠狠地叫道。

"他也许迷路了吧，"弗莱塔克大声说，"因为你们很少离开餐厅。"

"以后我会经常出来的。"他大声说着，转身跟跟跄跄地走了，消失在黑暗中。弗莱塔克站在原地，向船的后面望去。乌云低低地在海湾上空移动，低得连导航信号灯的灯光都能照射到；海面上泛起的泡沫微微闪光，一会儿被浪头冲得高高涌起，一会儿又被冲得四散飞溅，闪着点点光亮。空中已在下雨，风力没有增加。"欧根小心谨慎，还带着枪，"弗莱塔克想道，"贡贝特在卡斯帕里身上试过的法子，没人敢在他身上去试的。可能他正在厕所里呕吐吧。"他决定先到下面的厕所里去看看，然后去找弗雷德。坑坑洼洼的铁平台上积了几摊水。他从挡风的地方走出来，飞溅的浪花像冰雹一样噼噼啪啪打在他的脸上，弗莱塔克寻思着怎样才能最安全地走到扶梯口。他朝平台上看了看，看到厨房通风口的活门开着，他觉得还闻到一股上等咖啡的香味。一丝暗淡的灯光映在斜开着的活门上。弗莱塔克俯下身子，用背抵在放救生衣的架子上，飞溅的浪花从他头顶上飞过，通风口冒出的热气像只张开的手在抚摸他的脸。他看见在下面的厨房里，特里特尔和欧根坐在干干净净的长桌前，喝着咖啡，他们面对面地坐在桌子的一角。特里特尔现在还戴着他的厨师帽，那帽子在灯光下投下长长的吓人的影子，每当特里特尔站起来或是到炉灶上再倒一杯咖啡时，那影子就在天花板上和墙上移动。他那布满皱纹的脸、细长的脖子和手臂在晃动的灯光下，罩上了一层发青的颜色。每当锅子和锅盖在挂着的地方晃得叮当作响时，他就抬起头来，默默地瞧着那些锅子和锅盖，仿佛想警告它们不许发出声音似的，看也不看一眼那个兔唇大个子。欧根把他的上身靠在桌子上，把热气腾腾的咖啡搅在前面，一小口一小口地啜饮着。他的目光越过搪瓷咖啡杯，瞟着特里特尔，朝他咧嘴微笑着，一句话也不同他说。在他裤子的后袋里露出了一支大口径手枪的枪柄。

弗莱塔克注视着他们，侧耳倾听着，等着他们中的一个开口说点什么，可是他没有听到他们说话，只看见欧根那张咧着嘴的脸，以及特里特尔那张面色发青的脸和一双暗淡无神、眼眶发黑的眼睛。弗莱塔克又直起身来，走过平台，下了扶梯，到了厕所里，最后回到他的舱房。

弗雷德和衣躺在床上。当他父亲进来时，他没动一下身子，也没抬起头来，依然躺着，两脚叉开伸在床架下面，以免船颠簸时摔下来。弗莱塔克走到儿子的床边，弯下身子看着他说："弗雷德。"

弗雷德默默地坐起来，把毛衣拽到腰带下，从床上跳了下来。

"你想到哪儿去？"弗莱塔克问道。

"到外面去。"弗雷德没好气地说。

"外面的天气对你身体不利，"弗莱塔克说，"我要是你，宁可躺着睡觉。"

"睡觉我可以在家里睡。"弗雷德说。

"也许我本该把你留在家里的。"

"为什么呢？"弗雷德说，"我觉得这里非常有趣。你把我带到这儿来是再好不过了。我在这儿倒是长了不少见识。"

"你说话得注意些，你变得说话欠考虑了。"弗莱塔克说。

"你让我过去。"弗雷德说。

弗莱塔克把身子贴在壁橱门上，让弗雷德过去。弗雷德在外面的过道上迟疑地站住了，他回头看了一下，然后径直朝菲利普和雷托恩的舱房走去。

"我为什么要到这儿来呢？"弗莱塔克想道，"我为什么要找他呢？我为什么要四处找我手下的人呢？是不是已经到了他们每个人都反对我的地步？我为什么不待在桥楼上呢？我早知道他会怎样回答我的，这到底是什么原因呢？"

墙上出现一个晃动的长影子，他觉得这个影子很熟悉。弗莱塔克没有转过身去，他知道，这是特里特尔厨师帽的影子。那顶厨师帽像盏粉白色的灯笼套在他满是皱纹的脸上，帽筒有点瘪，微微塌了下来。

"进来，"弗莱塔克说，"进来吧。"他转过身去，看见了特里特尔，他从未见过厨师这副模样：厨师气喘吁吁地站在门边，咧着嘴，惊得目瞪口呆，喉结在微微地上下蠕动，双手在围裙下剧烈地抖动，一会儿交叉在一起，一会儿又猛地抽开，瘦长的身体摇晃着。他站在门边，像是不敢走进弗莱塔克的舱房。

"进来啊。"弗莱塔克命令道，随即走到厨师身后把门关上。特里特尔听从了，拖着不稳的脚步朝床边走去，脸上露出一副诚惶诚恐的神情。

"坐下。"弗莱塔克命令道。

"出事啦。"厨师说。他搓着围裙下面的双手，在弗莱塔克面前站住，又突然跪在他面前。

"您得帮帮我，"他仰着头说，"现在出事啦。"

"什么事？"

"事情是突然发生的，我不知道怎么会这样的。"

"说啊，出了什么事？"弗莱塔克命令说。

"我感到刀还在我手里呢，"厨师说，"他撞到我的刀口上了。"

"你们刚才还在一起喝咖啡嘛。"

"您都看见了？"特里特尔吃惊地说。

"不，"弗莱塔克说，"我只看见你们一起喝咖啡。"

"他进厨房来，要咖啡喝，"厨师轻声说，"我有热咖啡，给了他一点儿，我们一起喝着。"

"你站起来，"弗莱塔克说，"来，坐到床上来。"

"起先他一句话也不说，后来他谈起了楚姆佩，还问我，我们有没有把他搁在冰上，或者对他另有什么处置。"

"那家伙现在躺在上面的厨房里？"弗莱塔克问道。

特里特尔摇了摇头。"他喝着咖啡，眼睛老盯着我。在他喝完咖啡后，他想吃点东西。我给了他面包和油渍沙丁鱼，他吃了起来。在他吃东西的时候，我可以避开他的视线来回走动了。突然，我想到了你们，我相信你们是期待我干这件事的，你们处在我的位置也会这样干的。你们一定会这样干的，是吗？"

"出了什么事？"弗莱塔克问道。

"当时我刚刚刮完胡子——我知道，你是不能容忍我在厨房里刮胡子的——我看见我的刮胡刀搁在那儿。我想把它拿起来，但我没有那样做。我拿起了另外一把刀。我朝他身上刺了进去——我感到这把刀还在手里呢——这时，他想跳起身来，可是他再也站不起来了，他倒在椅子旁边。你们一定也会这样干的，不是吗？我的天啊，你说啊，你会怎样干呢？"

"他现在在哪儿？"弗莱塔克问道。

"他已经不在船上了，"特里特尔说，"我把他背出去扔到了海里，海浪把他卷走了。他们现在只剩下两个人在餐厅里。"

"是啊，"弗莱塔克说，"现在只剩下两个了。"

"你一定要帮帮我，"厨师说，"你一定会帮我的。我可是为了你们才这样干的，为了你，为了其他人，也为了楚姆佩。你说话啊！"

"事已如此。"弗莱塔克说。

"难道我不该这么干吗？"

"我们会知道的，"弗莱塔克说，"马上就会知道。"

夜里没有起风暴。下雨的时候，风势反倒减弱了。天很冷，大雨倾盆而下。大海逐渐平静下来。凌晨时分，小岛那边的帆船也起锚了。四周只是一片黑暗，依旧是一片沉沉的夜色。一股强劲的气流在灯塔船的上空吹过。弗莱塔克睡在海图室的椅子上，这时，贡贝特发现了一个水雷，他冲了进来，摇醒了弗莱塔克，并把望远镜给了他。起初他怎么也找不到水雷，尽管他是在贡贝特指给他看的那一小片海域里寻找。后来他总算看见带触角的黑球从水里冒出了一点。他看到这个黑球在缓慢地、笨拙地晃动着，海水不断地从球上流溢出来，突然黑球又没入水中，没有留下一丝痕迹。灯塔船的船头对着外海，水雷也正在向外海漂去，它晃动着，速度慢得令人难受，犹如一具被海水卷走的笨重的动物死尸。每当它被海水淹没时，弗莱塔克总要费很大的劲才能把它找到。有时它高高地冒出水面，连它那黑色的球体都能见到；有时只能从它溢出的海水看出它在那里。有时它没入水中很长一段时间不见踪影，弗莱塔克以为它沉没了，不会再浮上来，可是后来那触角上铝制的雷管又突然从波浪中冒了出来。

贡贝特不耐烦地站在他旁边，而他还在观察着水雷。

"你看见它了吗？"贡贝特一再地问。

"嗯，我看见了。"弗莱塔克说。

"它正在向我们漂来。"贡贝特说。

"我看见了。"弗莱塔克说。

他放下望远镜。水雷离船有六百米，它朝着灯塔船极其缓慢地漂来。

"你认为它会漂到这儿来吗？"贡贝特问道。

"看起来会的。"弗莱塔克说。

"也许它已经完全失效了，水雷在水里待久了会失效的，这是很有可能的。"

"我们可以等着瞧,"弗莱塔克说,"如果水雷爆炸,那就说明它是好的。"

"我还以为他们已经把这儿的水雷都扫除了,海湾口外的水域已经是无雷区了。"

"是没有雷了——除了他们没有发现的几个之外。"

"那我们应该怎么办呢?"

"我们一定要使它绕过我们的船,或者在它到这儿之前,一定要让它沉没。"

他把望远镜还给贡贝特,用手指抹了一下脸,从海图室里取出半支烟,便离开了桥楼。弗莱塔克朝下面的餐厅走去。自从他从特里特尔那儿听到夜里厨房里发生的事之后,他没有再见到卡斯帕里博士,也没有再见到埃迪。他用拳头朝门上敲了两下,随后听到椅子在地板上拖动的声音。卡斯帕里博士把门打开了,但他只把门打开了一条缝,人站在门缝口,惊异地微笑着,他说:

"对不起,我现在不能让您进来。我的一个朋友还没有穿好衣服呢,您找我有事吗?"

"我得和您谈一谈。"弗莱塔克说。

"谈什么呢?我想,我们之间不是一切都很清楚吗?"

"可以请您到甲板上来吗?我不愿打扰您的两位朋友。"

"他们身体好,需要多睡一会儿。"

"但愿他们两个不要同时睡觉。"弗莱塔克说。

"在适当的时候他们两个会醒的。"卡斯帕里博士说。

弗莱塔克发现他在撒谎,他也感觉到卡斯帕里博士企图掩饰什么：掩饰他不安的心情，掩饰他某种失望的心情。此刻，弗莱塔克知道，这个戴着太阳镜站在他面前的人，是因为心里害怕才说谎的。

"这艘船遇上了危险。"弗莱塔克轻声说。

"我知道，"卡斯帕里博士说，"可是我们一直处于危险之中，对此已经习以为常了。"

"我需要您的帮助。"弗莱塔克说。

"我得梳一下头，"卡斯帕里博士说，"等一会儿，请您等等我。"

他走进屋里，过不多久又走出来，他把两手往前一伸，把上衣的袖子捋下来——做出一种准备帮忙的样子。

"您跟我来。"弗莱塔克说。

他们登上瞭望台，弗莱塔克从贡贝特手中拿过望远镜，把它递给卡斯帕里博士，然后用手指着水雷漂动的方向说：

"您用望远镜看，就会发现我说的那东西。您仔细朝前看：一个水雷正在向我们漂来，离这儿大约五百米。"

卡斯帕里博士朝一边走了几步，然后举起望远镜朝海上看去。

"不错，"他说，"我看到它了——现在它又漂走了。"

"它正在向灯塔船漂来。"弗莱塔克说。

"那么要我怎样帮助您呢？难道要我去劝说水雷，请它朝别的方向漂去？或者要我念几句咒语，去掉它的引信？"

"这事对您来说跟对我们一样，是十分危险的。"弗莱塔克说。

"很好，"卡斯帕里博士说，"这么说，我们现在总算有了一样东西，在它面前，我们的处境是一样的。突然之间，一种处境出现在我们面前，迫使我们忘掉彼此在船上的关系。我们之间成了这种处境的囚徒，不得不互相依赖。"

"水雷漂得很慢，"弗莱塔克说，"我们还有时间。"

"也许它已经失效了。"贡贝特说。

"有些水雷在水里待了二十年之久，船在它们上面安然航行也有二十年了，然而，等到它们已被人遗忘的时候，有一天却爆炸了。"

"那我怎样帮助您呢？"卡斯帕里博士问道。

"趁水雷还没有太靠近船的时候，我们得开枪把它打掉。"弗莱塔克说，"如果您或您的朋友不愿干，那么我来干。"

"您瞧，船长，有枪的好处就在这里：如果有一天一个水雷朝您漂来，您就可以轻轻松松地不让这玩意儿靠近。"

"您愿意帮助我们吗？"

"我要同我的朋友商量一下。"卡斯帕里博士说，"如果他们同意了，我们就干。"

他微笑着走向下面的餐厅。贡贝特看着弗莱塔克，说：

"我要是你就不会干这种事。"

"那么你要干什么呢？"

"我不知道，"贡贝特说，"但这种事我不干。我不会叫这帮家伙来帮我的忙。"

"有时候你会处在这样的境地：只有你的敌人才能帮助你。"弗莱塔克说，"对我个人来说，我永远不会接受他们的帮助，但灯塔船需要他们的帮助。灯塔船比其他任何东西都重要。"

"你把楚姆佩给忘了?"

"我什么都没忘。"

"谁来开枪打掉水雷,"贡贝特问,"是那个傻大个还是他的弟弟?"

"他的弟弟,"弗莱塔克说,"这也是他最后一次开枪了。我不能对你多说什么了。"

"是不是出了什么事?"

"是的,出事了。你马上就会知道的。"

这时,埃迪和卡斯帕里博士走上了甲板,弗莱塔克和贡贝特招手叫他们过来。埃迪不愿去接弗莱塔克递给他的望远镜。他离开他们几步,用肉眼观察着海面。他的动作没有显出一点懒散的样子,脸上露出一种疲惫而凶狠的神情。他匆匆朝水雷漂浮的方向看了一眼,但他未能找到水雷。卡斯帕里博士指给他后,他挥挥手叫他们往后退得远一点。接着他把冲锋枪架在船的栏杆上,瞄准着,等水雷冒出来。

没有人再看他。大家都站在那儿,默默地、迫不及待地注视着海面上那个黑色水雷的触角会冒出来的地方。触角一冒出来,埃迪就开火。子弹呼啸着越过海面,打在水雷前五十至一百米的地方,激起一串高高的水花。在射击之后,水雷像是躲进掩体似的沉入水中不见了。埃迪用脚把子弹壳踢出船外,把冲锋枪夹在腋下等着。现在水雷高高地冒出了水面,那上半个黑色的球体都清清楚楚地露了出来。埃迪又扫射了两梭子弹,这次他把枪管往上抬高一点，他们清楚地听到子弹打在金属球体上的声音，看到水雷周围激起的一片水花。

"好极了，"卡斯帕里博士说，"你打中它了，埃迪。"

"这东西没有爆炸。"埃迪说。

"必须打在触角上。"贡贝特说。

"聪明的孩子，"埃迪说，"我的老奶奶也会这样对我说的。"

从海面上冒出的海水来看，水雷还在那儿慢慢地滚动漂浮，它肯定就在紧贴海面的水下。这一次埃迪不等它浮出水面就瞄准开枪，停了一会儿又开枪。这时，海水像遭到沉重一击似的汇拢过来，又裂开，激荡着腾空而起，像是一座山峰从水中耸了出来；一股满是浪花和泡沫的水柱向上喷射，平静了片刻后，水柱又像是重新获得了力量，再次向上喷射。大海像是颤栗了，涌起一股爆炸的冲击波，成吨的海水被炸飞，随后又从空中哗哗地倾泻下来。

埃迪呆呆地望着水雷引爆的情景，几乎不相信自己的眼睛了。卡斯帕里博士用笨拙的动作在臀部擦着他的纹章戒指，说："好极了，埃迪。这是我所见过的你干得最出色的事。""我真的没有想到。"贡贝特说。

"你们还有什么要我效劳吗？"埃迪问。他挎着冲锋枪离开了，一边走，一边把枪管朝那群人晃动。

"你到特里特尔那里去，"弗莱塔克对贡贝特说，"叫他给我把咖啡送到桥楼上来。"

"要两杯，"卡斯帕里博士补充说，这时，他突然抬起头来，微笑着朝雷托恩走去。雷托恩正交叉着双臂，站在桅杆支索下面。他俩握了握手,交谈了几句,一起注视着刚才水雷爆炸的地方。

弗莱塔克朝上面的桥楼走去。他走过船员们的身旁时,也不去看他们一眼。他们在听到头几声枪响时,就来到甲板上,观看了水雷爆炸。他感觉到他们对他很鄙视,也感觉到他们对他怀有期待,他感觉到他们要他发出一种信号,一个命令,或者只是要他透露一点他自己的打算。在他们的举止里显出一种失望的心情,他们在责怪他迟迟不采取行动,要他对此负责。当他走到桥楼上,朝下看着他们时,他还感觉到这种情绪。"他们是不能理解的,"他想道,"他们不理解我不采取行动正是为了他们。如果我们动了手,首先付出代价的人就是他们。"

蒙蒙细雨洒在海湾上,像块面纱似的遮住了小岛,遮住了地平线。一架飞机高高地在他们的上空飞过,他们看不到飞机的影子。一阵沉闷的隆隆声掠过海湾,这是从海岸边的炮兵训练场传来的。

"这是捕鳕鱼的好天气,"弗莱塔克想道,"要是那几个家伙不在船上的话,我现在就去钓鱼了。"他走到扶梯口,看见特里特尔端着咖啡上来。他从弗莱塔克身边走过,把咖啡端到海图室。他显出六神无主、惶惶不安的样子,把放咖啡的桌子收拾好后,拿着托盘,退了出去。

"你现在去睡吧。"弗莱塔克说。

厨师吃惊地转过身,点了点头,正想朝扶梯口走去,又马上退了回来。他看见卡斯帕里博士装出一副快活的样子,走上了桥楼。

"我不问您多要什么,"卡斯帕里博士说,"只要一杯咖啡。"

"好吧,卡尔。"弗莱塔克说。特里特尔从他们身旁挤了过去。

他们面对面站着，喝着黑咖啡，冒出的热气扑到脸上，他们觉得有一丝暖意，在喝下第一口咖啡后，顿时感到体内热乎乎的。卡斯帕里博士又想递给船长一支烟，弗莱塔克再次拒绝了，他指了指他那支熄灭了的香烟，这支烟夹在他粗糙的手指间，已被夹扁了。

"您还对我有一些义务，船长。"卡斯帕里博士说，他放下杯子，"您作为听众，还得为我花些时间。我认为，关于我的生活我还没有通通讲给您听呢。"

"有些人，即使不开口，人家对他们也有足够的了解。"

"有些人确是如此——但我除外。"卡斯帕里博士说。

"您为什么要跟我讲这些呢？"

"我也不太清楚，船长。不过我相信，我遇到的您这样一种人是与我最接近的人。我们接近并非由于我们看法一致，而是由于我们在各方面看法完全不一致。要是您知道我是多么了解您，我们彼此之间又是多么接近，那么您会大吃一惊。您的生活，船长，也许还是我所能过的唯一的生活，要不是我已经选定了我的生活，或者说选定了我的三种生活的话。关于我的第一种生活，我已经对您讲过了——就是我冒名顶替我的弟弟，接起了他的律师业务。第二种生活是从第一种生活中派生出来的。我在从事律师业务时很快就认识到这一点：只要存心叫人有罪，就可以给任何人加上一个罪名。任何人，不管是谁，都可以成为被告；无论是富人还是穷人，孤儿还是寡妇。您随便找一个人，我保证可以从他的身上找出一些罪名来，按照现行法律，可以判他坐两年牢——这样量刑还一点都谈不上严厉呢。那么，为什么整个世上对法律的解释会不一致呢？原因就在于法官们篡改了法律，就在于目前还没有人能控告他们。您瞧，就这样我又找到了一种新生活：我想弄清楚两种人之间的差别何在，一种人被抓起来，送到法庭受审，另一种人虽然受到控告，却能逍遥法外。我要设法弄清楚一个人可以干多少坏事，犯多少罪，而不暴露出来，不受到法庭的注意。因此，我除了过律师生活之外，还过着另一种生活——是啊，我得说，是一种逍遥法外的罪犯的生活。我冒一位著名的剧团经理之名，开设了西德最大的诉讼公司——您可以称之为敲诈公司。我专门研究一些声名显赫的伪君子的生活，事后我便将我努力研究的结果连同一张账单寄给他们。您也许会感到吃惊：只有一张账单被退了回来——那只是因为被告人已经死亡，其他账单全部付了钱。当然，我得说，在我的私人法庭里，我需要一切调查取证都缜密细致，在法律上站得住脚。我怀疑，一个正当的法庭在调查取证时，能比我更缜密细致。我不愿否认，我也应把我的成就归功于这一现实情况：我们今天生活在一个律师的时代——在这个时代中，几乎每个小头头在同他的女秘书睡觉前，都要打电话给他的律师，询问这会有什么法律后果。

"不管怎样，我的第二种生活带给我的收益，和我当律师所得到的收益是无法相比的。最后我讲一讲第三种生活，就是我用靠第二种生活得来的钱，过起了普通造船厂厂主的生活。我还清楚地记得我弟弟是怎样死的，因此我在船厂里专门叫人研制不会沉没的各类救生艇——有客轮用的、渔船用的、各种船只遇险时用的，等等。顺便说一下，你们用来搭救我们的那艘小艇，就是本厂的产品，是一种老式的实验型小艇。"

"那两个人呢？"弗莱塔克问道，直到现在他似乎一直漠然地听着。

"您指的是库尔兄弟吧？"

"是的。"

"由于我的第二种生活，我非常感谢他们。我们之间的关系胜似朋友。"

"这从你们身上看得出来，"弗莱塔克说，"你们彼此情投意合。"

"欧根今天身体有点不舒服。"卡斯帕里博士说。

"这是因为这里的空气太纯净了。"弗莱塔克说。

"可能是吧。这种空气我也不大受得了。也许您会感到惊讶，船长，不过我确实有这种感觉：我们在船上待得太久了。"

"我想，不止您一个人有这种感觉，"弗莱塔克说，"其他人也有这种感觉。"

"您听我说——"卡斯帕里博士一边说，一边飞快地朝四周扫了一眼，像是要证实一下，除了他们两人之外，桥楼上再没有其他人。然后他握住弗莱塔克的手臂，把他拉到桥楼的桁端上。

"我想跟您讲几句话，船长，开诚布公地私下里讲。"他说，连声调都变了，这时弗莱塔克也从他的话音里听出他是多么害怕。"我想给您一笔酬金，船长，一笔您一生中从未得到过的巨款。只要您帮我逃走，我就把这笔钱付给您。您把我送到那边岸上去——您送我到什么地方，我会告诉您的——您这样做了，我付给您三万马克。钱就在我这儿，如果您同意，我就立刻把钱付给您。"

"您不觉得您的身价还要高一些吗？"弗莱塔克问道。

"我可以提高酬金。"卡斯帕里博士说。

"为您一个，还是也为您的朋友？"

"为我，也为我的朋友。"

"这是我想要知道的。"弗莱塔克说。

"您的船反正是值最后一班岗了。值完后，它就被拖进港内，永远不会再回到这儿来了。最后绕道走一下对您来说是无足轻重的事，但给您带来的好处，足够您一辈子享用，您退休后可以享清福了。您对酬金有何想法，船长？"

"您对此很感兴趣，是吗？"弗莱塔克问道。

"说说您的条件吧。"

"我不讲什么条件。我在想那个躺在船帆舱里的人，你们开枪打死了他，这就是你们的要价。这笔债我一定要你们还，我别无他求，当时我不得不接受你们的要价，因为我没有别的选择，不过你们尽可放心，你们也会还账的。您把刚才对我说的话通通忘掉吧，而且别想对我再次提起。"

"难道我们谈不到一起吗，船长？"

"您自己说过，我们彼此是很了解的，是不是？那么好吧，这一次您也好好了解我的想法。我只想一件事：把你们从船上抓走，就是这样，除此没有别的想法。我想着那个死去的人，想着我们在这艘船上获得自由的那一天。"

"您很快就能达到这个目的了，"卡斯帕里博士说，"我们的交易继续有效。"

"这条船上没有一个人会同您做交易。"

"您这样自信,我再次表示钦佩——我已经表示过一次钦佩了。"

"没有一个人会这样做的,"弗莱塔克重复了一遍,"而且这艘船在正式被拖进港内之前,是决不会擅自离开岗位的。只有港务局才能决定它离开。"

"这您已经说过了,船长。"

"那就更好了,免得您以后会失望。"

"请您听我说,船长,我不想妄自对您提什么忠告,不过,不知为什么,有一点我想提醒您:不要太自信,以为别人不会同我们做交易。"

"请船长到报务室里来!"有人在叫喊。弗莱塔克站了一会儿,似乎在考虑要不要去。接着他又听到菲利普叫喊的声音:"请船长到报务室里来。"他转过身去,对卡斯帕里博士说:"我不想对您隐瞒什么,我想让您知道,我对您有什么看法,我有什么目的,我告诉您:你们是输定了,不管你们自以为有多强大。"

菲利普在等着他。弗莱塔克一走进报务室的门,他就把船长身后的装有滑轮的拉门关上,插上门闩,倏地转过身来,把两手的手掌抵在门板上。他长着鹰钩鼻的脸上露出一种心满意足的神色,两只大拇指有节奏地在门上擦着,发出低沉而清晰的响声,像是有人在懒洋洋地敲鼓似的。

"怎么回事?"弗莱塔克问道,"出了什么事?叫我干什么?"

"这班岗一结束,我就不再干下去了。"菲利普说。

"我们大家都不再干下去了,这一点船上的人个个都知道。"

"我们再不到船上工作了。"

"你叫我来,就是为了对我讲这些吗?"弗莱塔克问道。

"不,"菲利普说,"这只是我的开场白。我想告诉你,港务局已经知道情况了。他们知道船上出了什么事。"

弗莱塔克满腹狐疑地看着他,用手指摆弄着手帕,把它缠在手上,手帕在他肥厚的手指上绷得紧紧的。

"他们知道一切情况了。"菲利普说。

"是谁告诉他们的?"

"是我发报告诉他们的,"菲利普说,"港务局已经知道在船上的是什么人,船上出了什么事。这些事他们应该知道。"

"原来如此,"弗莱塔克轻声说,"他们应该知道这些事。你自作主张去做了。"

"我以为这是我的责任。"

"噢,你以为这是你的责任。"

"港务局有权知道一切情况。"

"现在他们知道了一切情况,那么你的那个港务局会怎么办呢?"

"不管怎么样,他们会比你采取更多的措施的。他们将派一艘小艇来。"

"你瞧,跟我预料的完全一样:港务局会派一艘小艇来。那接着怎么办呢?"

"接着就会干起来,"菲利普说,"这我可以告诉你。"

"你就像其他人一样,"弗莱塔克说,"你们都认为非得干一场不可。你们像着了魔似的急于动手干起来,这正像一种病症一样。"

弗莱塔克没有发火,他打量着菲利普,镇定自若,不动声色,似乎看穿了菲利普的内心世界。他没有显出惊讶的神情,倒是菲利普感到吃惊了,他原以为船长会发脾气,他也对此做好了准备,然而船长毫无反应。菲利普脸上那种强装的心满意足的神情消失了,他感到不安,显出惊讶的神色。他用手一撑,离开了靠着的门,走到桌子边,桌上放着一包他自己卷的纸烟,他取出一支点上。他原以为,出其不意地把发报的事告诉弗莱塔克,会使船长感到惊讶,现在倒是船长的从容神态使他感到意外了。

"他们什么时候派小艇来?"弗莱塔克问。

"我不知道。"菲利普说。

"小艇已在途中了吗?"

"他们没有说。"

"那我们就等着吧,"弗莱塔克说,"等着吧,做最坏的准备。"

"你这话是什么意思?"

"就是我说的意思。"

起先他们派佐尔佐夫来,这位机修工走进海图室时,弗莱塔克正在写航海日记,佐尔佐夫等着,不耐烦地在船长的椅子后面走来走去,终于他开口说道:

"他们都在船头起锚机旁边,他们都在等着你。"

"好的。"弗莱塔克说,他又继续写下去,补写最后几页,那几页他曾经写过，后来被卡斯帕里博士撕掉了。之后，他又继续往下写到今天这个阴沉沉的晚上发生的事。他才写完，佐尔佐夫又进来了。

"是你该去的时候了。"他说，"他们都在急切地等着你。"

"他们是谁？"弗莱塔克问道。

"全体船员。"佐尔佐夫说，"我们大家都在船头起锚机旁边等着你。"

"那儿究竟出了什么事？"

"你一去就知道，跟我走吧。"

弗莱塔克把航海日志放进海图桌的抽屉里，锁上了，把钥匙放进口袋里。他知道，今天晚上是卡斯帕里博士给他规定的期限到期之时，这是一个阴沉沉的晚上，天空暗淡，海面上空荡荡的。灯塔船在海流的冲击下不停地晃动；一阵微风吹过灰蒙蒙的海面，显得疲惫无力，信号绳上的黑色圆球在风中笨拙地缓慢摆动。对面小岛显得越来越扁，好像沉没在苍茫的暮色里。弗莱塔克并不认为会出什么事，相反，他估计卡斯帕里博士会再次同他谈交易，甚至会提高酬金。他相信自己的估计——当时他怀着这样的信念进了海图室，写起航海日记来，一直写到黄昏，卡斯帕里博士规定的期限才结束。他感到很满意，看着佐尔佐夫问道：

"谁派你来的？"

"是他派我来的，"佐尔佐夫说，"下一次他可要亲自来找你了。"

"我就去。"弗莱塔克说。

"他们只剩下两个人在那儿，"佐尔佐夫低声说道，"少了一个。我当时就感到奇怪，他们为什么不从餐厅里出来。"

"现在有些人真感到奇怪了。"弗莱塔克说。

他让佐尔佐夫走在前面，心里想道："你没有和他们走到一起去。谁要不愿和他们一样地行动，是会孤立的。他们想不惜一切代价地采取行动，这是因为他们害怕不这样做，自己也会孤立。他们的行动把他们联结在一起。看来没有任何东西比共同行动更能紧密地把他们联结在一起了——当然，一般行动不在共同行动之内——然而，他们对此是感到苦恼的。"

他们默默地走下扶梯，走过空无一人的甲板，弗莱塔克站住了，他再次用肉眼朝海面望去。他担心港务局派来的小艇现在会朝他们开来。

小艇没有出现，长长的海湾里空荡荡的；一条油迹使海面显得平滑滑的，它夹带着枯枝败叶和厚木条，朝外海漂去。

"走吧，"佐尔佐夫说，"大家等的时间已经够长了。"

弗莱塔克跟着他走到船的前部。他们都站在起锚机旁。大家听到他走来的脚步声，都抬起头来，冷静、无情，一点也不感到遗憾地看着他。每个人的目光都紧紧地盯着他，就像夜里一架飞机被探照灯的强光罩住一样，他就处于大家交叉射来的目光之中。他们的脸都随着他在移动，看着他走近，看着他在他们中间走过去又缓慢地走回来。他站住了，朝他们——他手下的船员和另外两个人——一个个地看过去，最后他看着独自站在贡贝特身后的弗雷德。突然间，他朝贡贝特走去，问道：

"你为什么离开了瞭望台？"

贡贝特避开了他的目光，默默地朝正和卡斯帕里博士站在栏杆边的埃迪望去，似乎他只能这样向他解释。接着他耸了耸肩。

"你们为什么都离开了自己所在的岗位？"弗莱塔克问道。他们只是站在那儿，默默地望着他。

"你为什么离开了岗位，菲利普？还有你，雷托恩，为什么？"那支熄灭了的纸烟在他的嘴唇间颤动。他走到贡贝特跟前说：

"你现在到瞭望台去。难道你忘了自己该做什么吗？"

"这个人留在这儿。"卡斯帕里博士在栏杆那儿说道。

"他感到这儿很舒服。"埃迪说，他把夹在腰部的冲锋枪握得更紧了。

"都回到各自的岗位上去。"弗莱塔克厉声喝道。

船员们都朝埃迪和卡斯帕里博士望去。他们站着不动——他们都受自己潜意识的支配，好像只要他们待在一起，他们的安全就有保障。他们感到，第一个离开的人冒的危险最大，因而他们都站着不动，接着又马上朝弗莱塔克转过身来。他们要把一切责任都推到他的身上，让他自己去取消卡斯帕里博士强迫他们站在一起的命令。他从他们脸上的神色看出了这一点。他找不到一个人的脸上有这样的神色：表示愿意再次听从他的吩咐，或者表示愿意再次信赖他，期待他跟他们一起行动。唉，他相信，他甚至发现了这样的神色：他们乐于听从卡斯帕里强迫他们站在一起的命令，因为这命令可以使他们轻易地拒绝执行船长此时下达的命令。他觉察到这一点，于是他转过身来，对卡斯帕里博士说：

"您想干什么？您为什么强迫船员站在这儿？我们得去工作。"

"像您这样的人又不是从别的星球来的，"卡斯帕里博士以柔和、动听的声调说道，"您知道这是怎么回事。您曾有足够的时间早做准备，防止我们干现在被迫干的事。"

弗莱塔克倏地朝自己的船员转过身去，喊道："都回到自己的岗位上去！"

他们依然站着不动。没有人听从他的命令。

"别这样做了，船长，"卡斯帕里博士说，"您不要再惹出您无法承担责任的事来，您是不喜欢这样的。"

"您想干什么？"弗莱塔克问道，其实他已经看出要出什么事了。

"我们要起锚，您把我们送上岸去，只要把我们送上岸，随便去哪儿都可以。这用不了多少时间——不管怎样，您的船至少有一个夜晚可以摆脱锚链的束缚。"

"船停在这儿不能动。"弗莱塔克说，接着他对机修工说，"到你的工作室去，把灯打开，是时候了。"

佐尔佐夫站着没有动。

"您瞧，"卡斯帕里说，"现在您的船员比您更能理解我。您现在明白您的处境了吧。我警告您，船长。"

"那你们就试试看，"弗莱塔克大声说，"你们过来，试试把锚起出来。来吧，你们谁想先试试？"他向起锚机走去，走到起锚机前，背朝起锚机站住了。绞筒上缠着粗壮的锚链。他猫着腰，摆好架势，不让任何人来起锚。

"你们为什么不过来呢？"他说。

"一个人只能把自己当笑料，这是再可悲不过了。"卡斯帕里博士说，"现在您就把自己当笑料了，船长。您给我离开起锚机。"

"灯塔船绝不离开自己的岗位。"

"您给我离开起锚机。"卡斯帕里博士轻声重复了一遍。

"过来吧，"雷托恩突然说道，"理智点，离开那儿。"

弗莱塔克既惊讶又猜疑地看着雷托恩。他从嘴边拿掉熄灭了的纸烟，用手指把它捻碎，不由自主地离开了起锚机。

"我还以为你不会开口了，"弗莱塔克说，"现在你倒突然给我出起主意来了。"

"这可不是我的主意，"雷托恩说，"我想说的也就是你一直在对我们说的话。"

"啊，"弗莱塔克说，"这么说，你不反对起锚啰？"

"有一个人不反对就够了。"雷托恩说。

"你甚至打算帮他们的忙吧？也许他也要给你一笔酬金吧？"

"想一想楚姆佩的遭遇吧。"雷托恩说。

"我一直在想。"

"那你知道的也就够了。"

"是的，"弗莱塔克说，"我当然知道。同你相反，我知道什么时候做一件事才值得。我清楚地知道，为了什么目的，在什么时候，做一件事才是有利的。这就是我们之间的分歧所在。"

"动手干吧。"卡斯帕里博士说。埃迪也重复说："快，动手干吧！"

没有人动一动。他们面对面地站着，像是在进行一场人数不相等的决斗，他们似乎在犹豫着，只是因为弗莱塔克站在他们中间。他成了他们默默对峙的焦点，只要他站在中间，就能像磁石一样吸引他们的注意力，就不会出事，但只要他一离开，就准会出事——对此谁都不会怀疑。这时雷托恩又开口说：

"走开吧。难道你忘了自己亲口对我们说的话吗？这是最后一班岗，没有几天我们都要进港了。"

"那又怎么样呢？"

"你这样做就不值得。"

"他大概把你收买了吧，"弗莱塔克说，"你说这种话，好像你口袋里已经装了他的钱似的。"

"想一想你对我们说的话吧，你说，我们进港时，船上的人一个也不能少。"

"这个看法改变了，"弗莱塔克说，"一个人改变他的看法，这是常事。现在就是改变看法的时候了。灯塔船不能起锚。"

"我现在仍然坚持你以前对我们说的看法。"雷托恩说。

"还是动手吧，你们这些傻瓜。"埃迪说着朝前走了一步，同时把手指扣在扳机上。他龇着牙，上身微微后仰，双腿叉开。冲锋枪的枪管对着船员们慢慢移过去，最后对准了弗莱塔克。除了雷托恩，其他人都不由自主地往前挤过去，好像要使船长处于他们集体的安全保护之下似的。连弗雷德也不由自主地向前挤去，他的动作轻快、利索，像是猫从禁锢圈里溜出来似的。他脸色苍白，挺直身子，目光中含着愤怒，站在他父亲的斜背后，一只手插在口袋里，手里攥紧铁制的索针。

"难道您要等我开始数数吗?"卡斯帕里博士说。

"为什么不等呢?"弗莱塔克说,"您尽管数吧,您一数数,铁锚也许就会自己上来了。"

"这是最后一次机会,"埃迪说,"你们动手干吧!"

雷托恩走到起锚机旁,把双手按在操纵杆上,眼睛看着固定锚链用的生了锈的钩环。只有松开钩环,才能把锚链起上来。弗莱塔克还没有走到雷托恩跟前,埃迪已跳到他们两人中间了。他举起冲锋枪,以便掩护雷托恩工作。

"你们松开钩环,"雷托恩命令道,"我们起锚。"

没有人弯下身去松开钩环。

"把手从起锚机上拿开。"弗莱塔克说。

"你理智点,"雷托恩说,"你知道,不然会出事的。"

"我来吧。"弗莱塔克说。

"你尽管来吧,"埃迪说,"你来试试。"他把枪管移下,对准弗莱塔克的腰部,把曲起的手指扣在扳机上。起锚机的发动机开动起来,发出隆隆的响声,一阵阵剧烈地震颤,但这时候没有人弯下腰去松开钩环。

弗莱塔克在迈出第一步的时候,身子有点弯,后来他像摆脱了束缚似的感到自由。他迈着沉重的步子机械地向埃迪继续走去,站在埃迪身后。得到全面掩护的雷托恩看到这情景,马上把起锚机的发动机关掉了,发动机带着嘶哑的拖音慢慢地停下来。像是用一根铁链串起来在河里漂流的几根木头似的,其他人也摇摇晃晃地跟在他后面，迈着同样沉重的步子，机械地向前走去，与其说他们是自觉自愿向前走的，倒不如说他们是在一种潜意识的驱使下去单纯模仿弗莱塔克的行动。埃迪看到他们都朝自己走来时，心里就发慌了，立刻回头朝卡斯帕里博士看了一下，就像一个游泳的人突然疑虑起来，回头看看岸边一样。卡斯帕里博士微笑着朝他点点头。

"当心！"雷托恩喊道。

弗莱塔克继续朝前走去，他搜索着那个把枪管对准他的人的目光，他找到这个人的目光，把他的目光吸引过来，从他的目光中看出他十分警觉，处在戒备状态。

"站住，"埃迪突然说道，声音很低，"站住。"

其他人迟疑地站住了，只有弗莱塔克继续朝他走去。他费力地踏着小步子，坚毅地走着，他似乎已经感到冲锋枪淡蓝色的枪管把他顶住了，现在他明显感觉到像是有一根棍子的尖端顶在他的肚子上。他确信自己的感觉，他感到枪口顶住了他的身体——这时他听到了一声警告，但他仍不顾一切地朝前走。埃迪开枪了，只听见一枪，枪声听起来就像两片木块拍击的声音，响亮，单调，几乎令人绝望。瞬间，他以为就是刚才顶住他身体的棍子的尖端戳进了他的肚子。他向上举起双手，接着把手按在肚子上，他的脸痛苦地扭歪了，身子瘫软了，他无声地转过身子，跪倒下去，用手按在地上撑住身子。在他的手臂还能支住身体、人还没有向前倒下的时候，弗雷德已从口袋里掏出索针。他不再去看他的父亲，他挥起手，只需跨上半步就够得到埃迪了。这时埃迪把枪杆子朝下，还一直对准弗莱塔克。

弗雷德把索针朝埃迪刺去，虽然他没有使出浑身的力气，但索针已深深地扎进埃迪的后背。他吓了一跳，对索针的尖头扎得那么深感到惊异。他吓得松开握住索针的手，不由得往后退了几步，呆呆地看着埃迪摇晃着身子——就像他在电影里看到中箭的人那样，背上露出饰有羽毛的箭尾，身子在摇来晃去。菲利普还没有来得及从埃迪的手里夺过冲锋枪，这家伙就扑倒在地上，把枪压在了身子底下。

"还有那一个！"佐尔佐夫喊道。这时贡贝特已经到了卡斯帕里的身旁，他抓住那家伙的双手，把他的手臂扭到背后，卡斯帕里博士疼得哇哇直叫。

"现在轮到你啦。"贡贝特说。

"我知道，"卡斯帕里博士说，"您用不着让我尝这种滋味了。"

"现在一笔笔账都要向你们清算。"

贡贝特把卡斯帕里博士推进餐厅里，佐尔佐夫和菲利普抬起埃迪，也把他送到餐厅里。弗雷德和厨师跪在弗莱塔克身旁，特里特尔解下身上的围裙，把它卷起来，垫在船长的头下。弗雷德在父亲的上腹部，看到把衬衫染红了的鲜血，他不禁想起了吸墨纸吸上墨汁的样子。

"船长，"特里特尔喊道，"船长先生。"

除了菲利普外，其他的人都从餐厅走回来，站在船长的周围。雷托恩也从起锚机后面走了过来。他们全都站在那儿，直到贡贝特说："我把他送到他的舱房里去。"

他抱起弗莱塔克，从船头一直走到下面，到了左舷时，听到佐尔佐夫的喊声:"有一艘小艇!它正朝我们这儿驶来。"

"小艇可以马上把他送到岸上。"雷托恩说。

"闭嘴,"贡贝特说,"这儿用不着你来说话!"

他小心翼翼地把弗莱塔克放下,特里特尔又把自己的围裙垫在弗莱塔克的头下。弗雷德一个人跪在他父亲的身边,望着他神情严肃的脸,它像是在表示强烈的无声抗议似的。弗莱塔克的一只手猛地颤动了一下,他想举起手来按在他的肚子上,他的肚子里好像有团火在燃烧,烧遍了他的五脏六腑,但是他的手举不起来。

"弗雷德?"他突然问道,接着他又问,"我们的船在开吗,弗雷德?"

"没有,爸爸。"儿子回答说。

"一切都正常吗?"

"一切都正常。"儿子说。

赵燮生 译

雷曼的讲述
或
我的市场曾经如此美好

摘自一名黑市商人的自白

一

　　短缺的年代是我最美好的年代。我很早就认识到了，短缺，样样缺乏，蕴藏着怎样的良机；还在上学时我就熟悉有与没有之间的区别了，不仅如此，我还善于辨识特殊的短缺，一旦哪里存在令人难熬的需求，我就感觉到某种创造性的兴奋；简而言之，急需是我的最大的运气。对我启发最深的是别人的缺乏，在帮助他人排困解忧时我的幻想最可靠——少年时我就发觉了。比如，当我妹妹吃完了她的太妃糖向我借时，我就发觉了；我主动帮助她摆脱困境，但她必须为此额外付费，还给我双倍的太妃糖。当我父亲月尾向我借我剩余的零花钱时，先是犹犹豫豫，后来定期地带给我利润，我意外发现了短缺的这一创造性机会：我能帮助他就帮助他，因为他准时支付我50%的利息，而且很保险。

　　这样，我小小年纪就已经认识到了，短缺有许多好处，它不仅供养信赖它的那个人，还提高他的才能。因为要发现短缺带来的所有机会，得有天赋才成。

　　在过剩的年代，幻想就会死去，没有什么要求我们思考、冒险、做没有把握的事情；谁缺了什么，只要去按响最近的那家店的门铃，需求就会得到满足。这个年代不是我的年代。我们的市场表现得多么没有创意、多么退化、多么缺少艺术细胞啊：商品供应充斥市场，受到价格管理机构的监督，来的客人随时知道他们需要什么、一马克能买多少东西。到处都确知价值和等价物，不存在没有把握，不会先迟疑不决然后飞快抓住，我在过剩的自市上看到的所有人的脸上，都有着同样的郁闷、同样的懒洋洋的自信和同样的厌烦。感官再也得不到锻炼，敏锐的、掠夺似的意识不再瞄准猎物；伟大的年代过去了，美好的短缺的年代。

我的年代也就随之结束了：过剩让我的才华得不到施展，富裕让我的本领白白荒废，留给我的只有回忆和思念。是的，凉爽的夜晚，我经常思念短缺的年代，回忆我的市场——黑市的冒险，想起我当年赢得的荣誉我就激动得说不出话来。黑市曾经是我的职业。

我适合黑市工作，就像丘吉尔适合做一名首相兼国防大臣一样。我的能力日臻完善，我越来越接近尽善尽美。在汉堡的几个圈子里人们已经在开始为我斟酌荣誉称号，就在那时，让我的整个肌肉系统麻痹的那一天到来了：一九四八年六月二十日，那个卑鄙的货币改革的礼拜天。

从此我就在等待并希望我的伟大年代重新返回，但它至今都没有返回。我只能靠回忆来安慰自己。回忆是唯一让我保持清醒和诚实的东西，但是，由于它——我感觉——也像旧照片一样越来越模糊，我想记录下一切，以便造福于志同道合者，而对于我本人这是正当防卫。假如我是一名惠特曼那样的诗人，我会讲："我歌唱黑市。"可我只是一名利用短缺的行家，我只想记录下曾经的一切是怎么回事：我的市场，我的荣誉，我的毁灭。由于我相信我拥有讲述者的必要的忧伤，我想从头开始，一直写到一切暂时结束的地方。

先是小轿车夜以继日地载着高级军官驶过，然后是大巴载着级别不是很高的军官，然后是马车，最后是没有武器、灰尘仆仆的士兵们，他们夜以继日地列队经过我们的海军参谋部当时所在的农庄。小轿车和大巴里的军官们垂头丧气、心情痛苦地缩在皮座椅上，默默无语；而士兵们冲着我们挥手，又笑又叫的，告诉我们整个胡闹结束了。所有经过的人都一脸疲惫，却都笑着冲我们喊叫，夜以继日地，最后我们的海军上将一定也听到了，因为他钻进他的轿车，失望地开走了。在他离开之后，那些没有武器的士兵也没有停止喊"整个胡闹结束了"，于是我们的海军少校带着少尉们也坐进大巴，同样失望地离开了。海军二级中士没有马车可坐，因此他让我们步行。外面还有士兵在经过，最后一名二等兵水手长召集起所有的文书和勤务兵，向我们解释，一切都结束了。他将我们领进储藏室，要求我们能拿多少就拿多少，因为之后他要炸掉剩下的一切。我们匆匆忙忙地寻找含脂牛奶，寻找酒、香烟和罐装巧克力，奇怪的是我们只找到了罐装泡菜、豌豆，还有很多肥猪肉。更好的东西显然被及时用完了。当我带着我的水手包来到时，连肥猪肉都没了，我绝望地乱翻一气，最后发现一只大硬纸盒，我前面的人显然也发现它了，但由于里面没啥东西，他们拿脚将它踢到了一个角落里，因为盒子上有条横向的靴底擦痕——宛如失望的烙印。我不耐烦地打开盒子，看到里面装满了奶油勺，数百把奶油勺，拿粉红色的薄纸包裹着，我正想给它最后一脚，就听到二等兵水手长在下面叫喊，准备爆炸了。我失望地转头四顾，附近除了泡菜和一大堆看一眼就已经让人毛骨悚然的灰色里夫牌肥皂，什么也没有。于是，面临要么两手空空、要么带着奶油勺这笔荒唐的财富回到安全地带（因为我总得带点东西呀）的选择，我将装有数百只奶油勺的纸盒硬塞进了我的水手包里，背起包，几乎被那重量压垮，但荷尔德林在类似情形下就已经提到过的危险带给了我救命的力量：我让水手包从楼梯滚下去，自己跟在后面冲下去，刚好及时。后来，爆炸之后，我数了数勺子，共有两百四十把，或二十打，我背着它们走在那些欢笑的士兵们也走过的道路上，他们曾经不停地向我们喊，整个胡闹结束了。

这些士兵也都从战争中带了些东西回家：罐头、轴承、烧酒、工具或香烟；一个来自北角的人向我透露，他在一家裁缝仓库被炸毁之前，从里面背出了一万根织补针。总之，每个人都背着些东西回家，有些战利品离奇之至，但没有谁有奶油勺，奶油勺只有我有，而我之所以有这笔惊人的财产，要归功于我们的海军参谋部在丹麦驻扎了两年。这样，当和平降临时，我就成了二百四十把奶油勺的所有者，这笔财产开始时一直让我恼火，因为一方面我痛恨奶油，另一方面我相信，必要时我也能战胜自我，用普通的勺儿吃掼奶油。这一开始让我如此恼火，虽然平时不经常发生，但有时候，在炙热的中午，我会诅咒我的财产。然而，我下不了狠心与它分手，特别是因为我渐渐将这些奶油勺看作一种被取消的报酬，是用来偿付我陷在其中的这整个胡闹的。于是我随身携带着它们，一路南下，在刚刚降临的和平中抵达了自由汉萨同盟城市汉堡。

由于无法决定我是否喜欢这座城市，我径直走向火车站，走进候车厅，将水手包推到桌下，一只脚搁到包上，因为我看到的每个人都是这样做的,他们都将一只脚搁在他们的皮箱、纸盒或包包上。我点了一份热乎乎的芜青甘蓝汤,又来了一份芜青甘蓝色拉。在我吃的时候,一个小男孩来到我的桌旁,满脸鼻涕和欢乐;他透过一只淡绿色玻璃瓶观察我,对我做鬼脸,然后钻到桌子下面,摆弄我的水手包,我还没来得及赶他走,他已经手里拿着三把奶油勺,向他的母亲跑去。他母亲从他手里夺下勺子,连声道歉,将勺子还给了我。

当我招手叫来愠怒的侍者、准备付钱时,他的目光立即落在了奶油勺上。他突然向我弯下腰来,低声道:"多少钱?"我低声反问:"什么多少钱?"他将一盒英国烟放到桌面上,再添上五十马克,拿起勺儿,问:"同意吗?"他没料到我那么快就明白了,虽然我不得不尽力掩饰我的震惊。我摆出一脸犹豫、拿不定主意的表情,他见后再添上二十马克,离开了。我本能地拿起我的水手包,将它夹紧在两膝之间——仿佛这一刻我才恍然大悟,我随身带着多大一笔财富。

我的惊异持续了很久:我这是掉进了一个怎样的年代啊?你只要将奶油勺放在桌上,就有人主动出价,这是什么意思呢?这是新货币吗?最近人们的工资袋里不会是放着奶油勺吧?我研究菜单,以为奶油供应过剩,人们需要使用相应的勺儿吃它们,可菜单上只提到了热饮、熏鱼糊和二十四种结实滚圆的芜青甘蓝。我告诉自己,有可能,我不在的时候,尼采的一个打算得到了实现:重新评价所有价值。重新评价时勺儿获得了新的兑换价。好奇,而且是创造性的好奇,在我心里苏醒了,我开始喜欢上自由汉萨城市汉堡,我肩背两百三十七把锃亮的小东西，决定找个房间住下。

房管局由于人满为患关闭了，但我可以等，我在红色砖墙旁躺下来，拿我的水手包当枕头。我没有睡着觉，因为不停地有人从旁边经过，怒气冲冲、骂骂咧咧、火冒三丈的同年代人，他们的交涉无果而终，骂出了最有意思的话语。为防万一，我记住一些骂人话。然后又一批人被放进，极其缓慢地穿过走廊往前挪动，被分配到门上贴有写着起首字母的硬纸牌的房间门外，最后我站在了一间没有陈设的房间里，面对一张怀有敌意的、皱巴巴的脸，由于说了许多"不"字，那张脸可以说是嘴唇都没了。怀疑的等待；我彬彬有礼地问候一声，"嗵"地放下我的水手包，解开绳子——一声不吭，不慌不忙——从粉红色包装纸里取出几把奶油勺。我十分自然地将那亮闪闪的东西放到办公桌上，桌子后面，无法够到的，是那张怀有敌意的脸。我用我独有的忧伤的大眼睛看着他，低声说道："我终于回来了。途中我冒昧地想到了您。这只是来自前线的一个小小问候。"说完我垂下目光，看到两只略呈黄色的、瘦削的手出现在桌上，猛地抓向奶油勺，一共七把，像一条鱼张嘴咬昆虫似的，又看着我的勺子被放进神秘抽屉的幽暗里。当我重新抬起头来时，我看到我面对的是一张若有所思的脸。

"我只有一个没有暖气的房间。"

"可以的。"我说道，脑子里想着还塞在水手包里的两百三十把奶油勺。

然后我收下我的安排证明，热情地握手告别，愉快地吹着口哨前往我的新家，那些还在等待的人一个个不相信地盯着我。

我的房东是个忧郁、强壮的女人,她穿着罩裙迎接我,匆匆扫了一眼安排证明,将我的房间指给我。她曾经做过警察,曾经是北德的柔道冠军,但因为种种原因提前退出了。她煮了咖啡欢迎我。我送她一把奶油勺,她打量它很久,然后想还给我,因为她相信它太贵重了。在我向她透露了我有多少把之后,她离开片刻,又拿着一只还有三分之一白酒的瓶子回来了。我们喝起来,之后我在粗糙的丝绒沙发上躺下,一直躺了八天。我的女房东照顾我。她忙忙碌碌地走来走去,送来茶水、奶酪面包,有时也送来肉和蜂蜜;她温柔地给我端上,又温柔地撤走。八天后我睡够了,战胜了酒精的作用。当我愉快地弯身于洗脸盆上方刮胡子时,她送来了早饭,用这顿早饭时,可以说,一个年轻人从短缺的精神里复活了。

她——我的女房东——向我承认,在我累倒的八天里,她换掉了好几把奶油勺,她说是在黑市上交换的,她让我回想她换来的奶酪、肉和蜂蜜。我从她那里头一回听到"黑市"这个词;我必须承认,有一刹那我想到了蜂窝煤,但只是一闪念,因为我立即对这个词产生了一种特殊的好感,莫名其妙地被它吸引了——就像法国诗人兰波被非法的军火生意吸引了一样。

我轻声重复这个词,它似乎在指示着秘密和利益。用过早餐后,为防万一,我作了更详细的了解,然后往口袋里装了几把奶油勺,出发去亲身体验黑市。我的女房东向我介绍了我的市场所在的街道,一条宁静的废墟街,曾经是别墅区。我坐车过去,既快乐又迷惘。啊,我永远不会忘记这第一次的相遇,我所经历的奇特意外!我没有任何打算。我只想看看而已,我所见到的超出了我的期望。

艳阳高照。宁静的街道,没有车辆。到处都不见摊位,不见集市货摊;只有男男女女,他们——先是捉摸不定地打量一个陌生人——来回溜达,外表镇定,尽管他们的脸上也藏有警惕。他们走过去,彼此互不对视,装出冷漠的样子。似乎谁都没有急事。我也顺着这条安静的街道往下走,像其他人一样闲逛。这就是我梦想的市场吗?秘密在哪里?利益在哪里?生意如何进行?我关注地继续走,后来,是的,后来我发觉了:我听到走过的那些人在低声讲话,听上去像自言自语,让我忍不住想到那些孩子,当你打发他们去买东西时,他们不停地重复要他们买的东西:一升牛奶,一升牛奶……

这里的这些不动声色地擦身而过的人,也不停地重复着同样的话,好像他们担心忘记自己的词条似的。我仔细听,听他们经过时不抱希望地耳语的声音:"面包票"或"线",听一个女人低垂着目光只说一个词:"腌鱼,腌鱼",一个老头嘟囔着"床上用品,床上用品",一个红脸姑娘说"美国佬"。每个声音都心平气和地推荐着什么:鞋、鱼肉香肠、织补针——也许是北角的织补针——手表、火腿、咖啡和蛋粉。谁也没有纠缠不休、小贩似的喊叫——我的市场的谨慎多么舒适啊。当我开始低声说"奶油勺,奶油勺"时,我感觉到了这件事的更深层的意义:需求远远超过供应,短缺战胜了、主宰着兑换价,我的同年代的人证明了他们能够应付短缺。修正老价值,短缺确定价格。你购买你实际需要的东西,而不是你以为需要的东西——不再是。直接需求优先。当前的、而非未来的要求决定支付,特别成功的是最早市场的古老实践——交换。这是我自己发现的,因为在我低声说了几回"奶油勺,奶油勺"之后,一个瘦子跟上我,催我来到一堵被炸塌的墙后,在那里,我——只是出于好玩和好奇——换回了一只安哥拉兔。不过我没有将兔子带回家,而是转身又用它换来了棉布床单,又用棉布床单换来英国香烟,用英国香烟支付了三瓶熬好的脂油,后来,回到家里,我发现那是鱼雷油。不过,虽然炸土豆让我脑海里浮现出了一场海战的画面,我对我一开始了解到的一切表示满意。我尝到甜头了。初次接触就刺激了我。一个目标开始清晰地显现出来,我深信自己能够实现这个目标。我没费力就找到一个职业,可以开始冒险了。

二

名声这东西就像资本一样:第一笔存款挣起来很费劲,达到一定的高度之后你就啥都不必做了;那时名声和资本就会自然增长,带来令人信服的成果。我的开始也很艰难。我虽然还拥有两百把奶油勺,是我从海军指挥部仓库里拿的,但我不能说,它们足够帮助我在黑市上扬名立万。我偶尔用它们来进行从属生意——比如,换进一张床垫、一幅画(荒原风景)和一箱子植物黄油——但我暂时尚未获得引人注目的名声,也就是我的饰有纹章的黑色盾牌的标志。这是后来才做到的,而且是因为一次庆祝活动,盟军里我们的朋友想在他们的凯旋堂举行庆典。这次活动帮我获得了意想不到的威望,我可以毫不虚荣地说,整整一营曾在北非有过出色表现的著名的"沙漠鼠",都将我当作短缺的大师而为我欢呼——这事自然无法隐瞒,传到了我的市场上。

盟军里我们的朋友决定举办的那次庆典,令人吃惊地缺少一样东西:一定量的烧酒,没有它——这谁都知道——一场辉煌的胜利也能成为一桩多愁善感的事情,更何况参与庆祝的人是"沙漠鼠",听到这个名称你就会想到慢性的口渴。这都是阿伦告诉我的,阿伦是个和蔼可亲的军士,我的忧郁、强壮的女房东,有一天将他带回了住处。阿伦是食堂军士,这也说明了我的女房东有怎样的直觉,尽管我认为她的直觉不是很高,毕竟她从前干过女警。阿伦每次来拜访我们,都令人满意地带着巧克力、罐头食品和罐装咖啡,我们的游戏热情洋溢,一开始我们一厘米一厘米地搜他的身,后来我们只是看着他简练地掀起战地上衣,让他带来的东西"扑通"掉在地面——像一只无精打采的魔号[①]。

那天晚上他特别无精打采,他向我们透露,虽然庆典日期已经确定,但眼见那个日子越来越近,他的所有战友都不开心,因为预计每个人只有三分之一瓶威士忌。我和我的女房东,我们友好地表示遗憾,因为事关不存在的酒,我们甚至深表同情,毕竟懂点喝酒的陀思妥耶夫斯基就宣告过:男人,男人,没有同情可不行。

如果大名鼎鼎的"沙漠鼠"的庆祝活动一定程度上必须靠海市蜃楼来凑合,那会让我真正感到遗憾的,于是我积极寻找办法,

[①] 原文为wunderhorn,又译为魔角,是孩子们吹着玩的玩具。

好将全营——形象地说——带去一座蓄水池。

我找不到办法。但是，轻率冒失的我突然跳起来——就像发现者意外地发现一个细菌时可能会跳起来那样——对阿伦说："真遗憾，阿伦，要是你们欢庆时没有酒，真的很遗憾。不过你们别担心，我会搞到的，而且是为大家，为整个营。"阿伦顿时向我伸出手来，而我的女房东满腹狐疑地打量着我。我承认，此刻她的怀疑是有道理的。黑市的一个重要因素就是意外，是巧合；也就是说，你刚开始买下的并不是你很想要的东西，而是刚好有的或价格优惠的东西。最漂亮的市场总是在你能够看准时机的地方。我干吗要轻率地承诺呢？我的市场会有这种货吗？阿伦离去后，我的女房东果然责备起我来，一个劲地数落我。我只感觉这是个机会，我抓住了它。

第二天上午我去到黑市所在的废墟街——悄悄地、怀疑地、隐蔽地。一张张警惕的脸打我身旁经过，我听到单调的低语的供应："腌鱼，腌鱼。"听到一个女人的声音说："冬天穿的袜子。"都是我不要的货。

我开始不安起来，这不安是有理由的：我想到了日期已经确定的庆祝活动，想到了一营干渴的"沙漠鼠"，他们高兴地期待着庆典的到来，因为他们信赖我的承诺。我有四天的时间。我在街上来来回回地走，倾听那些声音，核算价格和赢利："沙漠鼠"们想用四盒烟换一瓶酒；一盒烟一百二十马克，一瓶酒两百四十马克；我迅速核算，得出结论，如果五百瓶左右的酒能满足"沙漠鼠"的急需，我的创造才能将挣得大约一千盒烟。这是机会的胜利！我像艺术家那样敏感地寻找。前景不妙。虽然我——除了午间短短休息了一下——整天都在工作,可只有两次听到一个声音呢喃着"酒":有一回是一瓶无利可图的拿破仑年代的加冕典礼用白兰地,是一位有教养的老太太提供的;第二回是一箱酒精——供货的是个男人,他长得像个饥饿的吞火者,想脱手他的应急口粮。简单证实了一下之后我放弃了两者。

傍晚,就在我快要离开黑市的时候,运气还是姗姗而来了。这运气——不过,后来事实证明它不纯粹是运气——以一位健壮、坚定的女人的形象出现,她像一艘驱逐舰一样风风火火地走在废墟街上,自信地回头张望,都没用手掩住嘴,说着"白干"、"优质白干"。她说的不是白兰地、白酒或酒,而是"优质白干",听起来像是诚实的轻描淡写,我觉得,它后面隐藏的是一种所谓美酒。当她对我说时,我抬起头,点一点,通过点头让她明白我有兴趣。她顿时不再言语,让我有机会跟着她,领我走进一家酒馆。我们在一张拐角的桌子旁坐下,像老熟人或合作伙伴一样握握手——我产生了一种感觉,我以后还会经常这么做。黑市以一种非常特殊的亲近方式将志同道合者联系在一起,它真的唤醒了一种类似黑社会家族仪式的东西,大家不需要复杂的事先沟通就走到一起。另外它也以某种方式影响到语言,有着令人吃惊的词汇,比如,当我们在拐角的桌子旁坐下后,那艘驱逐舰说道:"安妮塔不让人失望。你想要多少瓶?"我犹豫不决,心想她最多能给我十瓶,但为了说明我的需求,我精神恍惚地说道:"五百。"

她愣都没愣一下,反而毫不惊讶地说:"五百瓶,什么时候要?""明天。"我说。"加班的话没问题。"她说道。"五百瓶?"我怀疑地问。"一瓶两百五。"她说。"两百。"我还价说。"两百四。"她说。"成交。"我说,因为这样我们就达到了我核算的价格标准。在我们继续谈论细节之前,安妮塔又另外给了我一个令人吃惊的新建议。她说:"我有一批衬裙,一起买下的话每瓶便宜四十。这种质量的,"她轻轻地指指她的套裙,套裙下面穿着半打质量无可指摘的衬裙,但我下不了决心做这笔连带生意。如果我的委托方是苏格兰人的话,我会毫不犹豫地决定的,但"沙漠鼠"们穿的是裤子,因此我可以认为,这东西不存在真正的短缺。为了表示我放弃,我拉下她的套裙盖住衬裙,商定好我们已经拍板的交易的条件。安妮塔给了我一个地址,说了个时间,要我带着吉普车等在那儿——交货时付款,然后我们一起喝了一杯格罗格酒,聊了聊政治,约好那个关键的晚上再见。

阿伦很准时。他是坐着食堂吉普车来的,吉普车上堆着香烟,我们又幸福又激动,驱车出发,寻找约定的地址。我们开着车来来回回,都没有找到安妮塔所说的门牌号码。这一带几乎没有房屋,28—30号——虽然我们一开始不肯相信——属于生物学博物馆,它默默地坐落在我们面前,黑魆魆地没有动静。

最后我们失望地停下车来等,约定了一个期限。蓦然,我永远不会忘记,安妮塔系着白围裙从柱式通道里风风火火地走过来,像"飞行的荷兰人"一样悄然无声。她走下几步台阶,期待地张望着;然后她向我招手,我走上去。她无语地抓住我的手,领我穿过黑洞洞的走廊,走廊里散发着霉味,我们走下一道石头楼梯,直到周围变得冷飕飕的，我才发觉我们来到了地下室里。她小心翼翼地推开一道门。房间里亮着灯，我见到的情形让我一时目瞪口呆。

两个男人，一个很年轻另一个年纪很大，都穿着白罩衫，正忙着打开一排排没有尽头的圆形、厚壁的玻璃容器，像是学校里进行直观教学使用的容器。唯一的一只灯泡亮着，没有灯罩，我在灯光下发现许多容器里都装有东西：青蛙浮游在里面，从蝌蚪直到产卵的大雌蛙；看上去像节肢动物的动物，鱼，黑色蟒蛇，片状的动物尸体。两人匆匆忙忙地将玻璃容器里的内容倒进一只巨大的筛子里，筛子吊在一只圆形大木桶上方。他们边干活边哼着歌。那些没有了生命的滑腻动物堆在筛子上，慢慢往下滴水。我看到玻璃容器上写有工工整整的字，容器散发出雾蒙蒙的酒精味。

安妮塔骄傲地观察着我，指指一个角落，那里摆着一大批已经装灌好的瓶子，她说道："四百五十瓶已经好了，小伙子。保证是优质白干。剩下的我们还得灌。"我十分惊惶地看着这糟糕的一幕，想着那一营"沙漠鼠"，想着他们已经在高兴地期待的庆祝活动。我的痛苦的幻想带给我这样的画面：一只"沙漠鼠"突然发现了瓶子里的蝌蚪，一条珍稀鱼的片状的、粉红的肉；我不寒而栗地转过身。

"怎么了？"安妮塔问道，"这货没问题。它肯定能撂倒你的整个营。"

"这些动物……"我说道。"动物不要紧。"安妮塔说，"它们死了。""可那味道，"我说，"酒里全是环节动物和雨蛙的味道啊。""一点闻不到。"安妮塔说，"这是泡酒，高度的，只是有点褐色，不过不要紧，现在它看上去就像一种年代久的、存放过的烧酒，你尝尝。"她拿一只杯子等在淋漓得很厉害的筛子下面，等满半杯，递给我。我摆手拒绝，她举起杯子，一口喝光了，享受地呻吟一声，擦干净嘴巴。"这酒是供庆祝活动用的。"我说。"很好。"安妮塔说，"我们可以叫它胜利酒。谁喝了它，就再也不会忘记它。"说完她将我推到一边，拿起木桶上的筛子，将动物们扔进一只金属桶里，开始往空瓶子里灌酒，一边跟在她的两个伙伴后面低声哼起来。

当他们在灌最后几瓶时，我回去找到等在外面的阿伦，他一见我，就满怀幸福的期望问我："统统没问题，是吗？庆祝活动不必取消吧？"我被他问得吓了一跳。我先凝视他很久才回答。不，我下不了狠心削弱他期待庆典的快乐。我点头证明说："统统没问题。我们马上就可以装货了。"见到安妮塔自己都喝，我的心情就轻松多了——我觉得这足够了，更何况我不认为"沙漠鼠"们会比安妮塔更敏感。

我们又等了一阵，然后我俩下到地下室，摸索着往前，直到找到安妮塔。阿伦品酒。他望着十瓶一排地排在角落里的瓶子，弯下身去，请安妮塔随便打开一瓶。她热情地照做了。我转过身，屏住呼吸。当听到瓶子的咕嘟声时，我不由自主地让到一旁，好像随时都会发生爆炸似的，但令我惊奇的是我听到阿伦像安妮塔那样呻吟了一声，他捅捅我的腰，说："统统没问题，统统没问题。"

随后我们就将吉普车开进院子里，开近地下室的一扇窗户。当阿伦和两个伙伴装酒时，我与安妮塔处理生意部分；也就是说，我扣下一千盒香烟做我的报酬。我明白，加上奶油勺，我现在已经拥有一笔令人满意的起步资本了。摆在今天，这会是一笔很寻常的财产，但在我的年代，在黑市的年代，拥有香烟和奶油勺就等于你可以放心地面对未来的冒险了。

不管怎样，由于那座市场是个黑市，在那里干的每个人都存在一些风险，因为安全保障——今天它夺去了生活的所有紧张——理所当然不是随随便便就能得到的。从出售到客户不容改变地走出视线的那一刻，我本人称这之间的时间是自由射击区的痛苦。你会理解为什么的：因为当你——哪怕只是短时间——从视线中消失之后，你就安全了，任何退换都不可能了。什么生意都不可以退货。就像所说的，你只要离开自由射击区就行。

说到"沙漠鼠"们的庆祝活动，射击区——借用它的转义——结束于所有喝过安妮塔的"优质白干"的人都会醒来的那一天。于是我忐忑、紧张地躺在我的房间里，睡眠是想都不用想的。我的思绪一再回到凯旋堂。那里会发生什么事呢？庆祝活动会造成什么意外呢？我在我的床上心神不宁地辗转反侧，当一辆吉普车停在街头、大声呼叫我的名字时，我立马跳起，麻利地穿上衣服。我决定去接受灾难。两名我不认识的"沙漠鼠"满嘴安妮塔的白干的味道，比我想象的要友好地要求我跟他们走。我跟着他们，在吉普车里坐在他们中间。我的幻想又给我送来折磨人的画面：一些士兵痛得满地打滚，另一些被白干搞疯了，还有一些被夺走了所有本性的顾忌，折磨起他们的军官来；毕竟谁也无法预见里面泡了数年青蛙、蜈蛇和节肢动物的酒会有什么效果。士兵们在凯旋堂前口齿不清地将我拉出吉普车，带我爬上一道楼梯，来到一间大厅里。就在我走进大厅的那一刻，阿伦跳上一张桌子，指着我，叫着什么，我激动之中没能听懂。反正顿时响起震耳欲聋的噪声，有尖锐刺耳的欢呼和赞赏的口哨声；帽子满天空飞，至少二百名"沙漠鼠"挤上前来，跟我握手甚至拥抱我。两人甚至将他们以正当方式赢得的勋章别在我的夹克上。最后一位长着络腮胡子的军官摇摇晃晃地向我走来，挥挥手，一名服务员端着两只杯子和一瓶安妮塔的酒走过来，在军官的示意下斟酒。"现在，"军官宣布，"我要为这位魔法师干杯，我们这次庆典的气氛要归功于他，归功于给我们弄来这么优秀的白酒的人。啊！"

我不寒而栗地望着我的杯子，里面有种褐色的、片状的液体在轻轻晃荡。我该怎么做？我能怎么做？我喝，闭着眼睛喝。那酒……确实很好喝。

三

学徒时期经常很辛酸——对一个黑市商人来说也是如此。我也经历过开始时的困难，不得不忍受、尝试、承认错误，错误是我们所有人的老师。我一开始也必须感激地接受巧合带给我的东西，也就是必须类似于见机行事。没错，我已经拥有一笔还算可以的本金，近两百把奶油勺和一千盒香烟，我在"沙漠鼠"们的庆祝活动时为他们搞到的五百瓶泡酒奠定了我作为黑市魔法师的名声；但我暂时只算是一个人才。

我还必须接触我弄到的货物。我必须亲自料理每一笔生意。我还不能选择。每个不能自由选择他想做什么或不想做什么的人都会赞同我的看法：这是一种令人憔悴的状态。但是，正如上文所说，黑市商人也免不了学徒时期的艰难，我不得不屈从，经常充分利用某个可怜的机会。

有一回，我独自坐在码头的一根系缆柱上，在弱弱的阳光下，望着油腻灰暗的水面，这时这么一个机会就找上我来了。我想着我与我的忧郁、强壮的女房东的一场争执，一次几乎无声的争论，它发生在当月的一号：她不想收我的房租，而我坚持付给她钱。她说："想到你我是怎么一起生活的，你想付房租就是一种侮辱。"我不停地回答："什么共同生活都不完全排除合适的做法。"她每次听后都是苦笑，责备地沉默四十八小时。

于是，为了逃避这一沉默，我乘车来到码头，在一根铁的系缆柱上坐下来，眺望着海水。那是一个温暖的日子，我脱掉了夹克衫，挽起了衣袖，心情与那位诗人一模一样，他曾经说过："……啥也不寻找，便是我的意义。"可就算你不寻找，也绝不能保证别人不来找你。我突然看到面前有个敦实的人影，我没来得及转身，就感觉到了粗糙的指甲盖，轻轻地、特别欣赏地摸着我的二头肌，然后有一只手谨慎地拍拍我的肩，一个令人不无好感的声音说道："你全部的力量都在被荒废掉，是不是？"

我转过身去，看到一个瘦削、狞笑的伙伴，他剃着短发，满脸紫斑，身穿一件皱巴巴的夹克，脖子上系着根有脏斑的领带，领带上别了颗珍珠,这么大颗的珍珠我还从未见过。他脸上有种愉快的精明表情。我毫无抵抗力,立即感觉奇怪地被他吸引住了。"你要是想的话,"我说道,"我将系缆柱让给你一半。坐这儿很舒服。""不是很想,"他说道,"但你可以将别的东西让给我:你的一半二头肌,那我就足够了。假如你还不是州政府委员,那你应该去做,值得去做。"

我更仔细地打量那伙伴,他也爽直坦诚地端详我,严厉地探询、盯视。最后他问:"怎么样?""我从不反对值得做的事情。"我回答说。他点点头。他微笑,点头,表示满意。当时普遍存在的短缺导致人们能够一拍即合;大家都调在同样的波段上,长时间审查、试探、盘问——没有这个必要。黑市,我心爱的市场,让相互间的路途最短。

我的伙伴递给我半支烟,我帮他点上火,然后我们慢慢地边逛边聊——我们聊拼刺刀的特点——逛向一座阴森森的、五层楼的出租房,疯狂的炸弹没有伤害到它,我的同行就住在里面。他住在五楼。他妻子——我估计那是他妻子——打开门,一个胖胖的金发姑娘,头发油腻腻的,每次见到她,都有一个面颊丰满红润的孩子骑坐在她的大腿上。

我们先是走进客厅,看了会儿楼下的废墟草地,然后他指着墙上的一张照片,照片上我的伙伴身穿制服,脖子上挂着一枚所谓的骑士十字勋章。"这根铁皮领带,"他说,"值得了:吸了整整一个月,六百支烟。"说完他将我推进厨房里。

在厨房里我发现、我必然会发现的第一样东西就是棺材。那不

153

是一具新棺材,但保存完好,镶有黄色铜条。棺材摆在桌子下面,有半张桌子那么高,我看到厨房里的蒸汽损害了它的光泽。我惊骇地、真正是不知所措地停下脚步,而他的妻子——或我以为是他妻子的那姑娘——正在镇静地搅拌一碗麦糁粥,是给骑坐在她大腿上的宝宝拌的。我盯着棺材,说:"我表示诚挚的哀悼。你们家谁去世了啊?"他十分忧伤地笑笑,"我们的祖母,"他说道,"她每礼拜去世一回,每个礼拜二。""棺材里有尸体吗?"我问道。"今天不是礼拜二。"他说。

喂完宝宝、宝宝在漂亮的大腿上睡着之后,我们喝咖啡,喝咖啡时我的伙伴向我解释,我为什么应该将我的二头肌让给他。如果我没记错的话,他是这样讲的:"你知道,小伙子,如今要弄到一块好的烤猪肉有多难啊。有时候看上去就像没有猪了似的——至少它们像所有好东西一样具有罕见的价值。不管怎样,总算还有一些,我让人们记得烤猪肉吃起来有多香。我们有我们的固定客户。""你们在这厨房里屠宰?"我问。"你猜,"他说,"我有个伙伴,他是荷尔斯泰因州的乡下理发师,他礼拜一晚上将东西送来这儿。必须在一夜之间全部搞完,因为礼拜二我们的顾客已经在等着了。一磅收入六十到八十马克。""你们怎么将东西运走呢?"我问。他若有所思地轻抚棺材:"我们让祖母死去。""好主意。"我说,"只是,祖母死得相当频繁,不是吗?""楼里的人习惯了我们家经常死人;全都是顾客。不,这方面我们没有烦恼。我们需要的,就是一个差不多像你这样结实的伙伴。""我为你们干。"我说。

就这样我被雇用了,找到一个获得很有意思的新认识的机会:

除了黑市生意的经验又增加了地下屠宰的亲身体验。我的忧郁、强壮的女房东很快就忘记了她的恼怒，主动提出帮助联系新顾客，并在她曾经的柔道合伙人和警察女友中找到几位。我从事这份工作，得到部分猪肉作为实物津贴，这在各方面都合适。我将猪肉装在一只背包里背回家，为小心起见，猪肉用油纸包着；我的女房东收下肉，将好的部分拿来炖、煮，不太好的分给联系到的顾客，每磅六十到八十马克。

每个礼拜一晚上我们都很不耐烦地等候乡村理发师，他将半打仔猪装在他的自行车后座上运进来，我们将仔猪搬进我的伙伴的厨房里。我的瘦削的伙伴负责屠宰。我在那个面色丰满红润的男孩刚在里面洗过澡的澡盆里刮掉这些小动物身上的毛。刮完毛之后就是将肉切开；厨房里弥漫着一股冲鼻的气味，窗户上蒙着一层雾气，在我割、锯、砍的时候，蒸汽包围着我们。头发油腻的金发姑娘帮我们煮咖啡，卷烟，将烟插到我们嘴里，监视街道，站在通向楼梯间的门旁倾听，一旦有一头粉红色的仔猪被肢解开了，我就吹口哨，她听后就走回我们这里，一份份地放进棺材。有时候，深更半夜，我们正在手忙脚乱地干着，那个健壮的宝宝突然嚎起来，那么尖厉，那么刺耳，我担心全城都会被他吵醒；于是姑娘将嚎哭的宝宝抱进来，直到拿给他一根猪尾巴或一只猪耳朵玩时，那个脸颊丰满红润的小家伙才安静下来。是的，我今天还看到他骑坐在他母亲的漂亮大腿上，弯曲、短粗的手指里拿着一只猪耳朵，他将它当彩纸一样抻拉，试图透过它看我们，嘤嘤地发出兴奋的狂叫。宝宝对我的干扰要大于想到被发现的后果，每次，当我清晨离开这房子，在最早的工人情绪很好地去上他们的早班的时辰,出现的轻松感都让我很享受。我陶醉于其中,都感觉不到里面堆放着我的实物津贴的背包的重量。我的女房东,这段时间里她已经为我们煮了五十多回的肉,一定误以为我每次都是从愉快的屠宰节回家的,屠宰节上什么都有,就是不会有那极大的恐惧。

像平时一样,我在这珍贵的地下活动中学到很多东西。我巩固了我作为可靠的猪肉供应商的名声,同时又顺带成为了一名出色的地下工匠,在普遍短缺的时候迅速获得了大师的荣誉。我肯定,只有黑市才能让这种被埋没的才华得以展现——这种情况估计经常在小说里得到证实。哎呀,幸福的短缺年代将多少天才挖掘了出来啊:法学家证明了自己是内行的烟草种植者;一名户籍管理人员成了营养学家,他发现可以用咖啡渣煎土豆;一位水手成了东方地毯行家,只因为他可以做经纪人;每个家庭主妇都成了厨房女神,她骗过味觉,将裹上面粉油炸的芹菜片当作牛肉端上桌。短缺唤醒我们的幻想,让我们发现我们从不相信自己会拥有的惊人能力。只有有本事的人能够经受考验,事实证明,任何时候有本事的人都不及黑市年代多。零星的创造发明从没有那时那么多过;一个平时很冷漠的人成为一名名副其实的筹措大师,这样的事情层出不穷——这真的只有用索福克勒斯的话来解释了,是他发现:"最可怕的东西就是人类。"

有时我心里也变得可怕起来,这几乎不值一提。我经常让自己有理由对我完成的事情感到吃惊,但有一回——我永远不会忘记——我让自己有理由敬佩自己了:那就是我们被迫结束地下屠宰的那个早晨。

我一清二楚地记得，还看到我们站在那里，被蒸汽包裹着，系着血淋淋的围裙，又锯又砍，呛人的内脏味和甜丝丝的血腥味不停地飘过厨房，不可阻挡地飘进楼梯间。那天早晨我们已经处理完了六头最可爱的仔猪，将肉放进了棺材里，但还有两只漂在洗澡盆的热水里。我正在使劲刮它们背上的金黄色硬毛，一个女人，也就是那个我以为是我伙伴的老婆的姑娘，突然走进厨房，吓呆了似的解释说："他们来了。"她好像已经吓得无法再多说什么，只用手指着可以眺望废墟草地的窗户。我的伙伴马上明白了她的示意，跳到窗前，擦亮一角，几乎无声地说道："没错，他们真来了。"这下我也关心起来，我没有停下锋利的刮刀，问："到底是谁来了呀？""你自己过来看，"我的伙伴说，"看完你就什么都明白了。"

于是我走近窗户，发现楼下废墟地带的街头停着一辆巨大的家具搬运车，两名瘦警察守护在车辆两旁。"他们是来取肉的吗？"我问，"这么一辆家具搬运车倒真是一个很好的分肉点。""你看到的，"我的伙伴说，"是强制安排：我们的新租户。我们抗拒了很久，显然没有成功。他们要占用我们的客厅，偏偏是今天。""他们都不尊重祖母的葬礼。"我说。"你看看，"我的伙伴说，"他们真的来了。"然后，又激动又不安地说："快收起肉，将所有东西藏好。"他抢过盆里一头刮好的可爱仔猪，无计可施地扫了厨房几眼之后，将它藏在了一张绿得刺眼的旧沙发下面。他抢走我手里的第二头仔猪，冲上走廊，一筹莫展地返回来，又再次冲出去，我发现他用脚钩来一辆用油布遮盖着的旧童车，将仔猪扔进车里，拿枕头盖在上面。然后他又挥舞着胳膊走回来，指指棺材，我们盖好棺盖，抬起来，将这座猪肉仓库抬进卫生间，竖在那里。"还有什么东西吗？"他问。"我的那份肉。"我说。他将我拉进厨房，那个平静的金发姑娘正在那里擦地砖上的血，他将满满一大碗肉倒进我的背包，匆匆扎紧包口，拎起来，将我推向门口。"快走吧，老伙计，"他说，"我们现在用不上你。快带着你的肉走吧。你要想办法逃出去。"

我还没来得及道谢，他就"砰"的一声关上了门。我站在室外的楼道里。我无法回去，因此我必须做恺撒大帝在类似形势下做过的事情：断然作出决定。

我慢悠悠地点燃一支烟，然后吹起一支熟悉的晨曲，走下楼梯。如果我知道我的背包破了，血在我的背上均匀地往下滴，我可能就不会吹口哨了。但是，正如已讲过的那样，我不知道这种情况，我装成一个快乐的习惯早起的人的样子，对这样的人来说一日之计在于晨。我就这样来到门口，正想溜出去，一名瘦警察就在我眼前钻了出来。我冲他笑笑，挤挤眼睛，简单地说："早上好，警察局长先生。"他听后笑笑，放我走了。但我才走了两步，他就叫我回头，当他看到血正在均匀地从我的背包里往下滴落时，不由自主地伸手去摸枪套。"您包里是谁？"他问道。

我的伙伴听后肯定会回答"我们的祖母"，但我认为这样的答案一点不聪明，于是我没有这么说，而是回答了那句著名诗句："霍恩斯陶芬家的人，从来不走运。"答完我放下背包。"打开。"警察命令道，我已经在解了。我慢吞吞地解开背包，伸手进去，掏出一个仔猪的头，令人十分惊奇的是，那猪头上带有深不可测、心满意足的微笑。微启的猪嘴巴周围确实有一丝微笑,让我一时陷入了沉思。但我马上回到了现实当中,走向警察,将猪头塞进大惊失色的他的手里。"拿着,"我低声说,"您妻子会用丁香煨它的,最好再加一枚月桂叶子。"

他激动得说不出话来。当我拿起我的背包时,他一言不发;当我离开时,他没有叫我回头。他震惊地思索着,盯着那个猪头,猪头确实在微笑。我当然知道,我必须感激这微笑。

四

短缺不仅锻炼人的幻想能力,不仅将思想引到吃饱穿暖这样的愿望上,更激发特殊的需求,让我们做出奇怪的举动来,唤醒我们对庄严的多余的感觉。这等于是说,我的市场绝不仅为崇拜的目的服务,它不会仅限于充当原始物质主义的活动场所。相反:我常经历过虽然混乱、却很大胆的诗意场面,从精神史的角度看来,也许可以称它是一种纯粹的超现实主义的初级阶段。比如我就在我的黑市街上看到一位夫人,她穿着破旧的时装,背上背着一根有十二个角叉的鹿茸,希望将它卖给男人;我看到两个年轻小伙,小心翼翼地抬着一面巨大的镜子散步;我看到有位先生拎着一只鸟笼,笼里关着一只瓶子——瓶子里盛的也许是鱼雷油;我遇到一个伤残人员,他身上缠着红色的自行车软管,就像拉奥孔被他的蛇缠着一样;有一回我遇到一个女人,她有着蒙娜丽莎般的微笑,她供应老鼠夹，夹子里夹着面包券。特别刺激的场面！我懂得如何发现它们，也开始享受它们，虽然我现在要忙着回答许多问候，我一在市场上走动，人们就纷纷与我打招呼。因为大家现在都已经认识我了，我相当有名，这对于一个商人，甚至对于一个黑市商人，也不是无关紧要的。

我得到的认可让我从此可以选择，我可以接受或回绝，我熬过了强制生意的阶段。

此外，我拥有这一无可置疑的优势，归功于下列事实：虽然有据可查全城都没有新床垫了，我仍然成功地帮一家私人医院的焦头烂额的主任搞到了二十四张床垫。我还成功地帮一位忧心忡忡的牧师在黑市上弄到了四百本赞美诗集——我从中只挣了一只烤鹅和那个宽厚男人的祝福。然后，在出售十二辆英国军用卡车时我也走运，一位跟我是朋友的车库军官声称那些卡车是多余的。我只有过一回失手，那是在出售整整一批漂亮的坦克榴弹时。那是我的一位盟军朋友给我的，作为我向他供应酒的抵押，我怎么辛苦地努力都找不到客户。撇开这次失败不谈，其他的一切都还得去，利润从四面八方源源不断地向我们流来。有一天我发现我能够赠送我的忧郁、强壮的女房东一张新塑料垫，让这位前北德柔道冠军可以开心地在上面训练。我是她最喜欢的搭档，我经常可以被她摔趴在地或一招制服。

我之所以提起此事，是因为在一节柔道课期间——我死死地抱着我的女房东，她正准备做一个脱身的动作摆脱我，我们大门上的门铃忽然急剧地响起来，那位鼓励我做一桩我曾经做过的最奇特的生意之一的伙伴出现了。那伙伴身材高大、急火火的，他走进来，作为一个神经质地不停吸烟的人，他什么也记不住，也没有什么让他感到奇怪，包括我们挂在门上的柔道装饰。

"你是我最后的救星。"他说道，"假如你都帮不了我，就没人能帮我了。我必须跟你谈谈。"我惊讶地望着他，俄顷之后问道："我可不可以问问，你从哪儿弄到我的地址的？""别人向我推荐的。"他说，"好几个人都认为，这事只有霍尔格-海因茨·雷曼帮得了忙——你不就是吗？""没错。"我说道，说时不无快感，因为我看到了我真实的市场价值，我礼貌地将这位急火火的伙伴请进厨房——我喜欢待在厨房里——端给他一张椅子，倾听他滔滔不绝的讲述，从他的讲述中我才渐渐了解到，此人是带着多么危险的愿望来找我的。

我的客人，可惜我不能逐字逐句地引用他的话，他大致是这样对我说的："我父亲快七十五岁了，不是吗？他有病，卧床不起，不是吗？但全家还是想好好庆祝一下。七十五岁大寿也应该好好庆祝。我们问了老人他七十五岁生日想要什么，不是吗？你知道，他希望得到什么吗？一尊纪念像，不是吗？一尊真人高大的纪念像——不是他本人的，而是随便什么漂亮的纪念像，让他站在他的窗前能够看到。因为我家老爹是一个同乡会的会长，于是，不是吗，他想要一尊与他的故乡有关的纪念像。你这下听明白没有？因此，"急火火的伙伴继续说道，"我们就需要一尊高大的、成年人的纪念像，不是吗？只有这个才能让老人站起来，让他恢复健康，带给他新的力量。他向我们声称，只要他能得到纪念像，随便什么结实的纪念像，他就愿意起床。这样，不是吗？你某种形式上是在行善。我问遍了整个黑市——大家都认为：一尊纪念像，这只有你搞得到。"

讲到这里我的客人不作声了，我沉思地对着沉默问："你想拿什么支付这么一尊纪念像呢？""首先用果酱。"那伙伴说道，"我兄弟有家果酱厂。我还可以用香烟支付，用移民许可证、脂肪票和一批不能说不重要的小梳子，优质角材。我的堂兄也许愿意再拿出几箱蜡烛。反正我们愿意为这尊纪念像花费一些。""是蜂蜡吗？"我问。"最上等的蜂蜡。"那伙伴回答说。我听后站起来，向他伸出手去，说："我会在你父亲七十五岁大寿时准时供应纪念像。他会满意的，但愿你们也会满意。我要蜡烛和小梳子。"

听了我的话，那伙伴一个劲地道谢，离开了。我在我们的记事日历里做了记录。

如果我知道，我同意做这笔纪念像生意是在做什么，这记录就不会这么漫不经心地流出我的笔管了，我也会丧失我的毫不猜疑的自信。我在黑市上能做到许多事，于是我就以为我一定也能搞到一尊纪念像。这么以为绝对是掉以轻心了，我暂时只能借助诗句来形容我的处境："开始时我几乎想打退堂鼓，我相信我永远不能……"

我到处暗示我急需一尊成人大小的纪念像；我充分利用所有的黑市关系——没有结果。就是找不到一尊纪念像，我尽力了。虽然我得到几种替代品，比如，一尊伦琴的半身像，X射线的发现就要归功于他；还有一尊砂岩雕刻的英俊的陵墓天使，最后还有一种橱窗木偶，但我就是无法决定将这些东西当作纪念像出售。我开始忧郁，几乎要怀疑我的市场产品丰富、包罗万象了。

这时我遇到了伯纳德，一位狡猾的"沙漠鼠"工兵军官，他的平民职业是演员，业余时间里收集世界各地的玩具木偶。我们彼此互有好感，经常一起坐在我的女房东的房间里。一天晚上，我永远不会忘记那个晚上，伯纳德接到一个电话：我看到他脸色一亮，幸福和不耐烦得手舞足蹈起来，叫道："我的手下为我发现了一样东西。""木偶吗？"我问。"有可能，"他说，"无论如何是某种他们认为我会感兴趣的东西。你要是愿意，可以一起去。"

我当即同意了，我们跳上他的吉普车，在暮色中沿着一条与河流平行的公路干线往前开。途中伯纳德开始大谈他的木偶收藏，尤其是一个大肚子、只有一只手大的祖鲁人木偶，他说它"有一个秘密，一个特别好笑的秘密"。他希望他的手下发现的是什么可供他收藏的东西，因此他车开得很快，我们很快就来到一条工厂篱笆，找到入口，开进院子里。一名"沙漠鼠"在等着我们。我们下车，让人带着我们沿墙走，墙后有冷却的焦味，当我们穿过墙，来到一片大空地时，我们不由吓得停下了脚步：空地上列队站满巨大的、色泽暗淡的家伙，他们头戴尖顶头盔，挥舞着军刀，手指西方；有几位坐在马上，另一些立在底座上，此刻这骇人、沉默的一群似乎屏住了呼吸。"我的天哪，"伯纳德说道，"这不可能。"哨兵笑了："我们想，长官，"他说，"您可能会感兴趣，长官。您不是收藏这种东西嘛。这儿一大堆，长官。"伯纳德不吱声，无可奈何，片刻后他发火道："这不是木偶，孩子，这是纪念像啊！""对不起，长官，"哨兵说道，"我以为您收藏这种东西呢。""纪念像。"我恍惚地低语道。"它们怎么会在这里?"伯纳德问道,我感觉他的失望正在转变为怒火。

"是这么回事,长官,"哨兵说,"他们将这些纪念像从全德国运到这里,要在这里熔化它们,然后做成炮弹,或者做炮弹的弹带。这里的这些是突如其来的和平救下来的。"

伯纳德若有所思地行走在高大、挥刀的家伙的队列中间。他突然转过身来,说:"明天重新开炉,明白吗?所有头戴尖顶头盔或挥刀的,统统扔进炉子里。凡是看上去像军人的,也统统扔进炉子里。"

随后我们默默地乘车返回。伯纳德深感失望,而这意外的发现让我又高兴又激动,苦苦寻思一个计划,看如何能够留下这些纪念像中的一尊。我嗅到了百分之百的利润。事不宜迟,尤其是我知道,伯纳德给所有这些纪念像安排了怎样的命运。我连夜就联系到一位女友,她弄来一辆货车,我与几名帮手商量,明天,等宵禁一结束,我们就去城外的熔化厂,厂院里立着一排排阴沉沉的头戴尖顶头盔、挥舞军刀的纪念像。我按我仔细想出的计划行动。哨兵走出来,马上又认出了我,我东拉西扯地跟他交谈;我们从我的小瓶子里美美地喝一口,吸支烟,这段时间我的帮手们将我准确地向他们描述过的一尊大选帝侯[①]纪念像装上了卡车。这是唯一的一尊非军人纪念像:大选帝侯头戴一顶插有羽毛的宽边软呢帽,胸前横挎着一只猎袋,他将一只巨大的望远镜凑在眼前,显然是在透过望远

---

① 选帝侯是德国历史上的一种特殊制度。这个词被用来指代那些拥有选举"罗马人民的国王"和"神圣罗马帝国皇帝"的权利的诸侯。

镜观察逃跑的瑞典人。我乍一看就觉得这尊纪念像面熟，我相信，曾经在东普鲁士的一座小山丘上见过它，大选帝侯从山上满意地盯着冬天的波罗的海，瑞典人正在冰面上落荒而逃。无论如何，这尊纪念像，这唯一的一尊非军人的纪念像，立即引起了我的注意。在我与哨兵聊天时，我的帮手们将大选帝侯装上了卡车。然后，在适当的时间，我谈起我此次来访的目的：我请求哨兵去看看我的货车车厢里。我差不多是这样对他说的："伯纳德长官昨天下令，将所有纪念像塞进炉子里。我也有一尊纪念像，我不知道应该拿它怎么办。"我说，"对我来说，最舒服的办法就是，你马上将那庞然大物塞进熔炉里。""沙漠鼠"哨兵仔细检查我的大选帝侯，然后说道："这是一个平民，看上去很善良，另外他没有尖顶头盔也没有军刀。你干吗要将这尊可爱的平民像塞进熔炉里呢？如果我是你，我会考虑考虑的。"

我听后说道："这么一尊纪念像相当占地方，因此我想将它塞进炉子里。""不，"那位"沙漠鼠"有点粗暴地说，"要是能烧光这里的所有家伙，我们就谢天谢地了。它们有尖顶头盔和军刀，这是它们应得的。可你运来的，是个令人尊敬的平民，我估计他是一位热情的猎人。我自己就是猎人。因此我要给你提个好建议，带走这个肯定是在观察兔子的小伙子。""这建议相当于一道命令吗？"我问道。"为什么？"哨兵怀疑地问道。"好吧，"我说，"如果这是一道命令，我理所当然会执行，将纪念像带走。""这是一个友好的建议。"哨兵说道。"这就够了。"我说，然后给我的帮手们打个手势。他们爬上货厢，我们发动车子，驶去一个散发出强烈煤味的居住区。我的委托人就住在那里，那位身材高大、急火火的伙伴。

我带着我特有的若有所思的骄傲表情敲门，当他站在我面前时，我指指卡车，我的帮手们正在将大选帝侯的巨大纪念像往下抬。但这时我遇到了一桩怪事：那家伙没有表示出高兴，没有一丝丝满意，而是惊慌地抬起双手，本能地后退，同时打摆子似的全身战栗。我原想在交货时低声耳语这句诗的："对即将发生的事情，要让感官保持警惕。"可当我发现我的伙伴的惊慌担忧时，我想说的这句诗堵在了我的喉咙里。"怎么回事？"我十分生硬地问道，"难道你不喜欢这尊纪念像？"他点头，但没有停止后退，我被迫用一个柔道的手势抓牢他。我感觉他在剧烈地颤抖。"怎么回事？"我又问道。"我的天哪，"他说道，"就是它。这就是放在我们家乡的那尊纪念像，大选帝侯。他在观察逃跑的瑞典人。我祖父为这纪念像募捐了。"

"这样更好。"我说。

而他听天由命地耸耸肩，叹息道：

"这么巨大的一尊，要我们将它放在哪儿呢？我们应该将这家伙放哪儿？"

"放花园里，"我说，"或者屋顶上。你父亲不是想在七十五岁生日时要一尊纪念像嘛。"

"肯定，"他苦着脸说，"肯定。"

他不敢再望那光泽暗淡的庞然大物，将我拉进室内，没精打采地指指报酬：一堆蜡烛和一堆小梳子。我的帮手们将这报酬搬去汽车。我们将大选帝侯留在屋前花园里。

后来，数礼拜之后，我得知，我伙伴的老父亲一见故乡的纪念像就痊愈了。他让人在雕像下面摆了一张长椅，经常坐在那儿，直到他患上肺炎病逝。

不久，大选帝侯就被偷废铁的小偷偷走了；他们将它锯断出售了。可是，每当我走到那一带，我还是会一再地想起这桩奇怪的纪念像生意，我感到骄傲，整个事件让我引以为荣。

五

表明一个人特点的不仅是他能够做什么，他不能做什么也同样表明他的特点，黑市已经让我非常及时地认识到了这一点。我的市场让我大开眼界，看到不仅我们自己在交易，我们也在被交易，自己却不知道。我们每个人都有一个自己的、波动很厉害的兑换价，每个人都可以出售，虽然没感觉到，却都在被讨价还价，被购买或交换——无论是在黑市还是在白市。有时我们像果戈理的"死魂灵"一样被不知不觉地交易，等我们清醒过来时会发觉为时已晚，发现自己被卖给了一个新主人，一个新的老爷或侯爵。不过，有时候我们同样不知道，我们私下里获得了一个新的、更好的兑换价，却不了解是因为什么，连自己都吃惊。我们突然被人寻找、追求，对此我只想说，谁也不该草率地暴露出自信。我的市场，那个黑市，教导我，对自己和自己的估价过分自信是不明智的。

说到我自己，虽然我自认为是个人才，能够排除一个个短缺；

虽然我知道，人们在黑市上当我是某种商标——我所不知、让我惊喜的是这一事实，有几宗模范交易带给我美誉：几乎是黑市上的杂耍大师，一位相当有办事质量的艺术家。人们在不同的场合让我明白这一点，而有一天，当本诺·奥伦科出现，让我对一桩能挣二十万纸马克的生意发生兴趣时，这荣誉就暴露无遗了。

我虽然从没听说过本诺，但他却听说过我的一些情况，而且明显听说得够多的，让他晚上站在了我们的住处。我进去时，他站在窗前，将他的背、他的肥胖的脖梗，对着我们，脖子上顶着一颗色子似的脑袋。本诺腿短，敦实，手上毛很重。我无法描述他的脸，因为我从没见过的脸。本诺站在窗前，望着降落的暮色——我们就这样商谈：他朝着大路低声讲，我对着他的宽背讲，这方式让我想起福斯塔夫①的话来："勇敢虽好，谨慎更好。"是的，出于谨慎的原因，本诺藏着他的脸，但他的意图还是够清楚的。本诺·奥巧伦科差不多这样讲道："假如你有兴趣，我们可以——人们怎么说来着？——一起干。你可以负责卡车，我可以负责银器。我们将银器装上卡车，运来这儿，谁都能大挣一笔。"

然后他以他那亲切、绵软的讲话方式向我解释了能给我带来二十万纸马克的生意：

在卡塞尔附近有座阔叶林，本诺在那里存放了一批银器——银的餐具、灯台、表壳和玳瑁纽扣；他将它们藏放在那里，却不能享受他的财产，因为当时还有一个美国占领区和一个英国占领区，而

---

① 福斯塔夫，莎士比亚戏剧里的一个艺术形象。

他找不到机会将它弄出占领区分界线。当时，人们拥有财宝却不能支配，是很寻常的事情。与搞到某种东西一样困难的是运输某种东西；运输，特别是非法运输，是一门特殊的艺术，给它多高的评价都不为过。因此常出现这样的情况，某人拥有某种东西，却因为缺乏运输能力而不能使用它。

本诺为我制定了运输银器的详细计划——已经有多位买主在等着了——他走之后（他直接敏捷地跳到了街上），我让我的女房东给我煮茶，再次核计难度和利润。我承认，我们谈利润要比谈困难谈得更详细。

我觉得这次活动我最好还是带上我的女房东，不仅带上她——由于我听说美国人特别喜欢孩子，所以我们还从教会我地下屠宰艺术的伙伴那儿借来那个健壮的、现已长大的宝宝，我们夜里宰猪时他曾经哭喊得那么大声。由于宝宝的角色在我们的计划里是固定的，我没有办法，只能付给我的伙伴一笔报酬，也就是租借那个健壮孩子的租金，要他在英美占领区分界线上经受考验。这样，经过一番精心的准备，我们上路了：我的女房东、一名司机、租来的孩子和我，去进行一场危险的非法运输，将本诺的银器运来市场。

卡车是用木气当燃料的。天气十分有利于我们的旅行，快到达占领区分界线时，我们心情愉快地唱起了多首著名的漫游歌曲。健壮的宝宝睡得正香，当我们经过美军检查哨时，他都没有醒过来；两名高个子士兵搜查汽车，草草看了看我们的证件，开玩笑地捏捏宝宝，就让我们通行了。

去程如此，我但愿返程也能如此。我们在一个无风的、温暖的下午抵达本诺的经纪人那儿。这就是说，那位经纪人暂时还被关押着，但他的妻子对情况一清二楚，她领我们来到卡塞尔附近的阔叶林里，那批银器就藏放在里面。司机和我跟随她。她毫不犹豫，没有丝毫不安地将我们带进树丛，绕来绕去，绕得我们最后迷失了方向。经纪人的夫人在一堆树叶前停下来，若有所思地笑笑，从树叶里拖出两把短柄铲子，要求我们干活时别弄出过大的响声。我们在一个圈定的位置挖起来，才挖几铲就碰上了一层油纸，然后是旧油毛毡、水泥袋和防水的麻布，在清除掉保护层之后，我们挖到了一只被埋在地下的浴盆，正如本诺所说的，浴盆里装满银器：餐具、灯台、表壳、点心盘和玳瑁纽扣——全是无可指摘的88.8%的银。我们吃惊地面面相觑，犹豫不决，显出我们心有胆怯，对这些银器的来路抱有疑问；只有经纪人的妻子感觉时间紧迫，不停地警告我们抓紧时间，于是我们一份份地将宝贝拖去卡车，最后将浴盆装上货厢，动身返程，也就是说，开始实际上隐藏着全部风险的那部分行程。

首先那装满银器的浴盆让我恼怒，但由于我们没有别的桶或浴器，我最后也只能适应了。我的女房东出主意将被子、枕头，然后再将强壮的小孩子放在银器上，我鼓掌喝彩。我们的冒险就这样开始了。

如果我回忆正确，我们的返程是一场持续的冒险。我们一离开春天般的丛林，驶上一条林荫大道，冒险就开始了。天色已经暗下来了，我们意外地驶进了一支美军超大型坦克的车队里。我们的曲折绕行显然让坦克司机们糊涂了，或许他们认为我们是一辆间谍车，因为不到一刻钟，就过来一辆宪兵队的吉普车，将我们拦下，示意我们离开车队。由于很难说服坦克车队相信，我们完全按照甘地的原则，服从了这一要求。我们停下车，发现宪兵想暂时缠住我们。他们不厌其烦地检查必须检查的一切：我们的证件，汽车的证件，最后也想检查货物。要不是他们及时发现了那个坐在银器上的肌肉发达的宝宝的话，他们肯定就检查货物了。这样一来他们就仅仅挠挠小家伙——顺便说一下他叫卡尔·左普——的痒痒，开玩笑地捏他，宝宝威胁般地发出呜呜声。我放心地将我的手放在我的女房东的膝上，心安理得地冲司机点点头。小家伙无可厚非地挽救了形势，宪兵队哨兵指示我们先等坦克过去，然后跳下了货厢。摆脱了令人窒息的压迫感，我正想分发香烟，只听身后忽然叮叮当当，传来滚动声和啪嗒声。我慌忙转身，我看到的情形能让我的血脉要么凝冻，要么沸腾：那个健壮的小孩，卡尔·左普，那个我们作为无罪证明一起带来的宝宝，直挺挺地站在那批银器上，在浴盆上保持着平衡，手拿东西，正发出低沉的怒吼，将它扔向一名曾经十分亲切地挠他痒痒的宪兵队哨兵。哨兵转过身，本能地低下头，仿佛紧跟着这颗炮弹会发生一场袭击似的，果然，卡尔·左普手里已经拿着某种新的东西，一把银刀，哼哼着抡起胳膊，但我们的司机更快，他做出了罕见的精神集中的表率：他猛地开动车子，使得我们背后的那个怒气冲冲的小子失去平衡，歪倒了，仰身跌在那批银器上。刀子从他手里滑落了，但他还不肯放弃，虽然卡车在行驶，车速加快了，他还在寻找机会，报复美国人的轻轻的捅、挠，不加选择地将银的钟壳和玳瑁纽扣扔向林荫大道，直到我的女房东跳过

171

去,将他制服了。一开始我们认真考虑过将这小孩绑起来,因为我们的卡尔还在不停地寻找能拿到银投掷弹的机会。但我们不忍心做出这样的决定,于是我的女房东将他抱到大腿上,用一个罕见的夹紧姿势抱住他,任他嚎叫,而他十分投入、没有眼泪地干嚎起来。

我们就这样行驶了一阵,脑海里已经在想着占领区分界线了,在那里我们才会面对关键性的检查。我们往前开去,直到我们在一座村庄中央怀疑地猛然抬起头,担心地相互望望,因为木气发动机在咕嘟、咝咝地响,发出一种像是警告的嘟囔声,于是司机不得不停车,跳下去,在木气炉里捅来捅去,最后向我们走来,失望地说:"发动机罢工了。完了。就到这里,前进不了啦。"我望着我的女房东,同时想起一句诗来:"总不能一直这样,在这变化无常的月光下。"这句话又让我重新恢复了行动自由。我也跳下车,在木气炉里捅捅,当我发现没办法解决之后,我决定换乘下一趟火车。由于我们幸运地是在一条坡度很大的林荫道上,于是我们让卡车滑向火车站,将装银器的浴盆抬上站台——小孩子坐在上面——告别我们的司机,他选择了留在他出了毛病的汽车旁边。我们规规矩矩地购买了车票,等候下一趟火车,虽然我们必须等三个多小时,时间还是流逝得特快,因为我们全都忙得不可开交,要阻止小家伙拿结实的银器投掷火车站站长,小家伙想要他的帽子,但没得到。

火车终于来了。司机、火车站站长和两位铁路警察帮助我们,将卡尔正在上面睡觉的浴盆拖进包厢,为免吵醒小家伙,所有参与者都轻手轻脚。卡尔,我们的宝宝,睡着了,我自然很惊奇;然而,后来我了解到了为什么……

我的女房东绝望中无计可施,遂给小家伙服了一粒安眠药。他平静地睡在那批银器上,我们就这样朝边境、朝那关键的检查驶去。

包厢里除了我们,还坐了一位有教养的夫人——至少那位夫人看上去很有教养。她真挚地笑望着酣睡的卡尔,然后赞赏地扫我们一眼,好像要祝贺我们有这么个乖小子似的。我的女房东和我一点不反对。后来我预料的、许多带着一个熟睡的宝宝出门的人都可以预料的事情发生了:那个有教养的老夫人以卡尔为话题开始了攀谈。她微笑地询问卡尔的年龄,询问他的疾病和他的牙齿的数量,也询问他的饮食情况,我的女房东每次的回答都惊人地专业。后来她向我透露,这些知识都是她在做警察时必须接受的"急救"课上学到的。有教养的老夫人的这种礼貌的低声询问渐渐变成了交谈,交谈中我感觉到,随着与占领区分界线的距离的缩小,老夫人的不安在增加。她的脸在发红,双手绝望地不知放哪儿是好。最后她向前侧过身来,一筹莫展地耸耸肩,害怕地问道:"您怎么看?边境检查站很严吗?""为什么?"我尽可能镇定地问。"我身上带了点东西,"她说,"在那箱子里,某种恐怕禁止携带的东西。""噢,"我说道,"仔细想想,如今有什么不受禁止的?尽管禁止,我们还是得设法生活下去。""没错,"她说,"但我带了样受到特别禁止的东西。""咖啡吗?"我问。"不是,"她说,"一个银锭,一个四磅重的漂亮结实的家伙。这银锭是我换来的。"

随之而来的沉默,每个对形势敏感的人都能诠释和衡量。我的手指悄悄地抓紧了我的女房东的小臂。我再也想不起什么来,连一句诗都想不起，幸好我的女房东帮我掩饰了惊惶的状态。直到火车减速驶进边境火车站时，我才重新控制住了自己。危险迫在眉睫的那一刻才让我又活跃起来，将我的优势还给了我。火车停下，车门打开，传来喊叫声。有教养的老夫人手拿一块手帕，又捏又扯的。检查官的脚步渐渐走近，我们已经听到他们在隔壁包厢里了。有教养的老夫人解开她的勾花衣领的按钮。然后，当脚步声向我们走来时，我的女房东将头偎依在我的肩上，尽可能温柔地望着熟睡的小孩子，这样我们就让人感觉我们不容辩驳地是一个贫穷但幸福的家庭。"你们带有非法物品吗？"一个声音问道。我抬起头，用我那特有的忧郁的大眼睛望着那位官员——顺便说一下，那张脸让我一见就不喜欢。我立即认识到，此人会坚决地寻找、搜查，他不懂宽容，于是情急之中我说道："这位夫人带有银器。您查查她的箱子里，里面有整整一锭。"检查官怀疑地看看我，让老夫人打开箱子，果然发现了一块约两公斤重的银锭。当他没收银锭时，脸上洋溢着与职业相符的幸福感。他离开了，不再过问我们的包厢。

不久列车行驶起来，有教养的老夫人躺在她的角落里长吁短叹，昏厥了一样，脸上有一丝传说中的对人类的蔑视。半小时后她才张开眼睛看我。我发觉她有话想说，又不知如何开口。我利用这个时间，走向浴盆，从睡觉的孩子身下抽出重约六磅的银器。我将银子放在夫人身旁的长椅上，说："多余的几磅用来支付您的惊吓。谢谢，非常感谢。"于是没过多久我们就热烈地交谈起来了。老夫人请我们吃发面糕点。

本诺将那六磅银子算作损耗，好长时间我都忍不住会想到那句诗:"来而不往非礼也,子欲取必先予。"

六

我苦恼地关注较新的尝试,排除世界的任何危险,设法不让所做的事情再存在风险。今天的商贩——与黑市参与者相反——首先想要安全。他害怕上当受骗。他害怕出错。他不惜一切代价想要把握十足,但他忽视了一点:一个绝对可靠的市场是一个无聊的市场。我不适应不存在冒险、没有动荡、没有危险的市场。白市不是我的强项,虽然今天有许多人对它表示满意。不,我需要另一个市场来获得我的幸福:黑市。请记住这句诗:"男人自己创造自己的命运。"我对此深表赞同,虽然我不得不承认,我成了自然危害的受害者,每个去黑市的人都遭受这一危害。

我相信,早些时候我曾经一针见血地说过,黑市是一种前沿地带,或者是个无人区,在那里等着我们的不止一种危险。谁来到这里,就是在一种潜在的危险下行动,不过我还得补充一句,威胁的瞬间是交易成功的一种优质腐殖土。害怕是最好的商人,专家们将会证明这一点。有一回我曾经想说,自然的威胁,或那每天都悬挂在我的黑市上空的无形的达摩克勒斯剑,在任何时候、也包括不合适的时候,都可能进行一场大搜捕。虽然你已有所准备,忍受着这种可能,以相应的方式受它影响,但每当你落进一场大搜查的狡猾的网里时,你还是很吃惊。

我也难免这种可能。我准确地记得：那是一个三月天，天气暖得像七月里一样，我的强壮、忧郁的女房东让我去牛奶店为早餐咖啡换点鲜奶。太阳真的很明媚，让我想到是有谁说服了它非法地释放出它的温暖，我事先一无所知，沉浸在这种开心的遐想里，拎着我的奶罐正在横穿黑市，忽然就撞上了大搜捕。他们早饭前就开始大搜捕了。做法惊人地没有想象力：封锁街道，厉声吹口哨，发布讨厌的命令；不管你眼睛转向哪里，到处都钻出阴险的警察，就像垄沟里的刺猬，傲慢地冲我们这些绝望的兔子笑。

不止这条街，整个区都被封锁了，就算谁能成功地逃出织网的网眼，也会不可避免地落在拖袋里。我不必提，每种威胁对我都影响很大，要求我集中所有的注意力。于是，我以礼貌来突出愤怒——顺便说一下，没有一丝惊惶或害怕——我带着礼貌的愤怒，找到我遇到的第一位警长，向他走去，脱口引用了路德的话："您的行为，我无法理解。"他粗暴地拒绝了这一传统的埋怨，命令："上车，快！"两名警官应声赶到，使用一个警察的擒拿手法，将我押往一辆卡车。我借助我的女房东教我的柔道知识，摆脱了他们，闷闷不乐地主动跟在警官们身后。他们把我送上一辆卡车，强迫我与大约二十五个人一起在货厢里坐下，将我们带去最近的警局，然后严格按照起首字母分开，仔细讯问我们。

我大约站在队伍的中间，满脑子想的就是抗议，这抗议不停地生长、淤积，我打算一旦轮到我就将它扔出去。我相信我有资格提这个抗议，因为我穿过黑市，只是为早餐咖啡取鲜奶的。

后来轮到我了，我正要开始释放我的不快，一个地位较低的警官相当熟练地拍拍我身上，令我吃惊的是，他从我的胸袋里抽出了大约十二张移居许可证，从我的裤袋里摸出一盒 Navy Cut 烟，又从臀部后面的袋子里掏出我身上正好带有的现金：数目不大，大概总共一万四千马克。那个地位较低的警官默默地将发现的这些东西放到桌上。我不必多讲了，那位法官一个暗示，他们就认为值得将我关进拘留所了。

那是个不显眼的、破破烂烂的小拘留所，那个寒酸样如此引人注目，不由得唤醒了我的怜悯。一位闷闷不乐的老看守将我关进去的房间是那么破旧，我都被它吸引住了：沙沙剥落的灰浆、破烂的硬床垫、穿堂风、铁皮夜壶、没有灯泡的灯座、摇晃的小板凳，我只能用一句诗来反抗这一切："房间，主啊，一颗自由的灵魂的振翅。"但没有人注意我的振翅，就连我的狱友也不在意，那是一个神情冷漠、忧虑憔悴的苗圃工作人员，他在试图将一千棵小圣诞树交给黑市时被逮个正着。我必须整天忍受的他那种状态，我想形容为一种折磨人的惊讶：布鲁诺——这是那位苗圃工作人员的名字——听说了黑市的机会，一下子运来好几卡车，现在他奇怪一切不像他期望的那样。

因此，独自面对着布鲁诺苦思冥想的、折磨人的惊讶，第一天我什么也没想，只想我的女房东会想念的鲜奶。但我的女房东很快就获悉了我在哪里。她赶来了，她来安慰我，让我忘记我的环境的寒酸。她还告诉我正在进行中的生意的进展情况，顺便说一下都是重要生意，被排除在它们之外我一时感觉特别糟糕。已经做了那么多准备、已经打开了那么多局面，要离开每天的活动让我很难接受,但是,我很快发觉,我的忧郁、强壮的女房东完全是在按我的意思做,毕竟我还一直存在。

我们在我的狱室里磋商急事:一艘正在驶近比斯开湾的自由号轮船装载的糖必须出售,因为糖价在跌;一车厢人造蜂蜜必须交给分销商;一批美国军靴必须换成蛋粉。我在拘留所的狱室里做着决定。在破旧的拘留所中我也没有无所事事,我一直想着我的座右铭:"幸福时莫骄傲,苦难时莫胆小,不可避免的事情,要不失尊严地承受。"

我们——我和我的女房东——正在热烈地低声交谈,这时看守进来了,他面带微笑,连连鞠躬,无论如何没有他的职业性懊恼。他安装好一只灯泡,然后搬进两张舒服的椅子,拿来一块台布,再拿来一只插有花的花瓶,最后还给我们端上了热腾腾的茶和发酵点心。我困惑地望着他,而布鲁诺看到看守为我们布置的这份舒适时比我更困惑。"怎么回事?"他问道,"你恐怕是个大人物吧,是不是?"我的女房东听后说:"是我冒昧地让您住得舒服点的。"她忧郁地笑笑,同时望望看守,要他尽最大的努力关照我们。

我的女房东为他的关照具体支付了什么价格,我从没有得知,尽管舒适度和对个人的纵容大大增加了。我的女房东离开后,看守给我们送来了新的席梦思,还拿来一张脚凳,它能让双腿很好地放松。然后他将一张画钉到墙上,自然是张复制品,画面上能看到劳埃德号游邮令人难忘的沉没。我冒昧地解释一下这一沉没的象征:那被波涛淹没的,就是我的寒酸、贫困的监狱生活。

因此我从狱室里操纵着我们的黑市生意的命运;看守负责传

话，担当较小的信使服务，我的女房东负责执行。我迅速满意地控制了一切，由于我啥也不缺，于是我顺从了自己乐善好施的天性，我可以毫不虚荣地声称，我成了我们的破烂小拘留所的赞助者。为了让看守高兴，我让人替他在黑市上弄了一套簇新的制服——他永远都不敢再奢望这样的礼物。因此，当我将衣服给他时，他感动得热泪盈眶，为了略表谢意，他的妻子让他给我送来一盘土豆煎饼，不过做煎饼的板油是我提供的。另外我也让我们走廊里的所有狱友开心，让人向他们分发香烟，显示我们的团结，随后一团甜丝丝的烟雾便向我们飘来，恰似一种芳香的道谢。最后我还让人送给厨房板油，送给拘留所所长一本珍贵的荷尔德林诗集。

当然，这种明显的赞助行为不会不被发觉，因此，当所长有一天预告说他要来看我时，我并不意外。(这已经很不寻常了，因为所长通常是命令拘留犯去见他的。) 他先让人通知我，不久他就出现了：一个严肃、清廉的人，眼袋发紫，头发金黄。他名叫延斯·乌维·齐纳佩尔。他一就座，我就在他的脸上发现了暗暗胆怯的痕迹，后来发现了一种针对未来的、同时又很负责任的苦恼。

我们按流行礼节互致问候，相互交换烟——我给他一支 Senior Service，他给我一支喷过糖水的自己种植的烟，然后他慎重地道谢。不，他不怕告诉我他有多感激我，感激我的各种捐助和礼品，感激我的乐善好施，它让拘留所的人员之间出现了一种新的气氛，这气氛本该是他负责的。我婉言拒绝。所长意味深长地点点头，又高兴地从我的烟盒里取了一支 Senior Service。然后看守穿着他的新制服来了，找借口将布鲁诺带了出去，现在，由于只剩下我俩了，

179

延斯·乌维·齐纳佩尔向我透露了我早早地就在他脸上发现了的苦恼。他苦恼的原因很简单：所长在等候一次检查，而且人家预先警告了他，有一个研究北德拘留所情况的司级委员会会来他领导的拘留所检查。他说，虽然不是每天，但预料他们每个礼拜都可能来，原话是："我实在想不到办法了。一旦委员会出现在这里，他们就会发现缺陷，缺陷又是如此之大，他们想找到一个能将责任推诿给他的人。这个人会是谁呢？我！他们会将全部责任归咎于我：窗户不密封、灰浆剥落、炉子有毛病、厕所不足，菜单还亟需改善。一旦他们将责任归咎于我，就会让我走人，这是类似情况下大量使用的一种可能性。为排除弊病开除一个人，是一种价廉物美的可能。但您理解吗，我依赖我的职业。"

我理解，说："每个人都依赖他的职业，或者应该依赖它。"

所长热情地握着我的手，然后谈起他都做过哪些尝试，来改善他的拘留所的状况。他到处想办法请钳工和暖气安装工，但所有人都礼貌地拒绝了，因为工作量太大，这是他们写的官方理由，然而我毫不怀疑，他们之所以拒绝，只是因为所长没有能力以黑市的方式付给他们报酬。他的资金——只有纸马克——不够，他请求监狱管理当局寄肥皂或耐贮腊肠，让他可以拿来支付给匠人们，人家给了他一顿训斥。齐纳佩尔黔驴技穷，他的点子仓库用完了。我发觉，让他来找我的是合法的绝望及司级委员会要来他所里检查的前景。

他人的绝望一直都会打动我，这回它还唤醒了我的虚荣。我站起来，向所长伸出手，保证将他的苦恼当成我的苦恼，而且会赶紧办理,保证尽快成功。然后我请这位绝望者喝一杯利口酒,之后我们轻轻拥抱了一下分手了。

所长刚走,我就让人叫来看守,派他去找我的女房东,看守用一辆警车将我的女房东接来了。我们只简短地谈了谈,因为我的女房东曾经做过警察,有着训练有素的、本能的反应能力。第二天就有多队匠人开进了这座穷困的小拘留所:玻璃工、泥水匠、木工和安装工,他们干活的方式完全符合诗句的要求:"生气勃勃的小伙子,眼捷手快。"开始了锤、砂、钻、敲,噪音让许多拘留所犯人有生病的危险,他们大声抗议,我不得不安慰这些人,给他们弄来烟和高热量的额外美味,让他们能够忍受噪音。而那些匠人,脑海里想着人造蜂蜜和蛋粉,一个个都尽心尽力,结果,我们的拘留所很快就有了新的面貌。所长延斯·乌维·齐纳佩尔每天来拜访我;我们的交谈,我们对文学的热爱,让我们越加亲近,一天晚上,他甚至带给我一本家庭相册,我仔细地翻看了。后来匠人们撤走了,留下的那座房子,毫不夸张地说,肯定可以与一座让人喜欢的斯堪的纳维亚的大学生宿舍媲美,它给人的印象都快让布鲁诺感觉骄傲了。

就在布鲁诺快要感到骄傲的这一天,委员会出现了:三位先生——正如所长后来告诉我的——他们做好了最坏的心理准备。于是,当他们被领着穿过建筑、参观崭新的布置时,他们的震惊就更大了。当所长邀请他们品尝狱饭时,他们都兴奋起来。这餐饭用了两个小时。当委员会后来走进我的狱室时——所长站在背后,冲我挤眼睛——我奇怪地感觉,其中一位先生热切地、怀着明显的向往打量着我们的房间。很有可能，如果不是付出一切，他也会愿意付出一些，来这儿做一名拘留所犯人。

我们如愿以偿，齐纳佩尔所长得到夸奖，很快就被提升了。他没有忘记我。他主动向我提出，要我做看守所的终身荣誉犯人——我一时兴起接受了这份奖励。另外他还努力让我的被捕被认可为抓错了。

摆在今天，这一切都将不再可能。我的市场，黑市，不存在了，至少暂时不存在了。冒险的年代暂时结束了，我充分利用我的伤感，讲了些那个年代的事情。它还会再回来吗？像往常一样——诗人赫尔德尔还有一句安慰："命运的安排，请默默忍耐！谁坚持，谁将成功！"

朱刘华　译

# 塞尔维亚女孩

所有人，当我回家时，他们所有人都会等在车站上；他们会拥抱我，端详我的脸；他们会忐忑不安、满面愁容；他们会低声追问：那是真的吗？多布丽卡的事是真的吗？她真的北上去了汉堡？她现在真被关在我国的监狱里吗？

　　然后我会讲给他们听，但不是在车站就讲，我要他们稍稍耐心点，等我们大家在核桃树下的长桌旁坐好了，我才会讲给他们听我了解到的情况。这是在安排得时间很宽裕的探监时她亲口讲的。噢，多布丽卡，你这个瘦小文弱、眼睛又大又黑的小妹妹呀！

　　首先我要向他们证实，他们已经知道或猜测已久的情况的确不假：多布丽卡偷偷离开是经过精心准备的。当她发现了发生的事情、做出决定之后，她先去拉里克商店变卖了金项链，那是她中学毕业时收到的礼物，由于钱数不够，她又找到曾经的同学，总算凑足了预算的一半。然后她在家人浑然未觉的情况下将她认为必需的东西收拾进祖父的柳条箱，包括两套薄薄的连衣裙、海蓝色的羊毛衫、几件内衣和几双白袜。她将塞尔维亚语-德语词典放在最上面，以便需要时随时可以拿到，词典里夹着阿希姆的两张照片和一封信。多布丽卡，我们谁也不明白你为什么不将照片嵌进镜框挂到墙上。那两张照片，一张上是个子高挑的阿希姆身穿游泳裤、脸戴潜水镜、手持大鱼叉，另一张上的阿希姆是个快乐游客，正从一节列车车厢里向观看的人们举着一瓶啤酒。

我要对他们讲，第一天，多布丽卡一早就来到了车站，由于车站上静悄悄的，所有的门都关着，她坐到一张长椅上，就着曙光翻阅她那本词典，她想起各种名字和单词，查阅词典，重复记忆。车站上肮脏的麻雀在她周围跳来跳去，她将带来的面包全喂了它们。她把钱放在一只她亲手缝的亚麻布胸袋里。这天早晨她是第一个买到火车票的；她只买了到边境车站的票，在远离其他乘客的地方等候火车进站。等火车，眼看着它从亮灯的停车处缓缓驶来——她早就预料到这是最痛苦的时刻，她的预料也八九不离十，她真想拎起行李回家，向我们一吐真情。她身上穿的是那件印有罂粟花的连衣裙，长得瘦胳膊瘦腿的，剪着短发，谁见了她都会当她是个中学生，同车厢的旅客、农民和工人，纷纷将他们的早点分给她，一杯柠檬水、面包和冷肉。

小妹妹，我们常惊叹于你的胃口；你是我们中间最柔弱的，吃起来却像南方港口的搬运工。回家后我要讲给他们听，我们从小唤做"小火柴杆儿"，总认为她羞怯、无知、依赖性强的多布丽卡，却独自乘火车来到边境车站。在前往过境卡车停车场之前，她在车站写了一封信，此信我们曾捧读了一遍又一遍，因为我们谁也不相信她会做出如此的决定。但她寄给我们的远不止是一个谜团；从中我们至少了解到，为了寻找一把断汤勺的另一半，她不得不前往汉堡；我们都认为这是她的天真的谜一样的语言，她讲起话来时常这样。她还在信中要求我们别难过，保证事情一有圆满结局就立即回家。

没有护照，没有任何证件，恐怕我们谁都无法越境去奥地利，而我们以为不谙世事、满脑子幻想、缺乏生活经验的她却找到一辆装载羊皮的卡车，不仅如此，她还说服善良的司机，使他明白她此行的迫切性，愿意冒险将多布丽卡和她的柳条箱藏在羊皮底下，没向她索要分文报酬。

在奥地利境内行驶的时候，她坐在驾驶室里司机的身旁，司机满肚子故事正愁找不到听众，多布丽卡圆睁大眼，再也找不到谁还能比她这样更好奇、更耐心地听故事的了。因此，到达终点城市后司机又驾车送她去火车站，临别还送她一只西瓜，这就不足为怪了。

由于她的天真——唉，多布丽卡，你怎么可以认为，在火车上的厕所里躲上一会儿就能越过边境呢？——她在德国边境上被逮住了。她确实以为，有耐心就会成功。但当她拨开小小的"有人"插销走进通道时，她发现有个穿制服的人至少与她一样有耐心。她被带到乘务员室，受到盘问，借助词典一一回答。她准确地翻阅词典，让穿制服的那人从一个词的多种含义中挑选正确的——这让那位公职人员既难堪又不耐烦。这小家伙温和、顺从，虽然比较费事，但她准备招认，当火车在野外临时停车时，那人中断审讯，前去了解停车原因，他坚信她会等他回来的。可多布丽卡没有等。见到车外的玉米地，她拎起箱子，违反规定地打开车门，滑下斜坡，奔跑几步，藏进了绿色丛中。她一直在那儿蹲到火车开走，只担心连衣裙上的罂粟花会出卖她。

在家里我要告诉大家，多布丽卡顺着铁轨旁的小道一直走到了下一座小站，在车站广场上的一家银行兑换了钱，买了一张城郊列车票，又买了一张到汉堡的特快车票，这下子她就畅通无阻、不用担心了。服完军役的年轻士兵欢天喜地地涌进她的车厢，他们手执手杖，草帽上的彩带飘飘扬扬。一大堆啤酒罐堆在车窗下。多只半导体收音机被调在不同的电台，攀比声音的高低。多布丽卡担心会得罪他们，不敢离开车厢——她接过他们给她的一根香肠，还喝了点啤酒。别人问什么她都手指词典，摇摇头。众人陆续下车，脚步趔趄，大声告别，剩下的两人唱起歌来，歌声低缓。当多布丽卡发觉他们是在唱给她听时，她也唱了一首答谢他们。噢，多布丽卡，即使语言无法沟通，你也总能找到自己独特的方式表示礼貌。

夜晚来到一座陌生城市，换了我们谁都会先找个下榻处美美地睡一觉，次日再前往目的地——可多布丽卡不是这样。车站的大厅里灯光暗淡，她拿着信不停地向旅客们打听，终于有一个人将她带到了去巴伦菲德的快车的站台。到巴伦菲德时已是十点左右，下车的人寥寥无几，晚风拂面，细雨蒙蒙，多布丽卡让她看信封上的发信人地址的头一个女人就知道那条街，邀请她同自己一起走。她将多布丽卡带到那幢还亮着灯的二层楼的房屋门外，推开花园大门让多布丽卡进去，自己走了。连按几次门铃后屋子里才有了动静，多布丽卡先是听到不满的嘀咕，然后是踢踢哒哒的脚步声。屋门终于打开了，站在她面前的是阿希姆的父亲，他腰圆体胖，满额头皱纹，身披一件宽松的轻便上装。多布丽卡递过信证明她的身份，但他不接，只怀疑地打量她。他越过她的头顶张望外面的花园，似乎认为这女孩是有人派来的，主谋者正潜伏在黑暗中。她报出自己和阿希姆的名字，左拼右凑地要让那人明白：她从哪儿来，迫切地想见阿希姆；他听得很不耐烦，差点就把门关上，后来那位头发花白的妇女出现了，她无言地推开丈夫，审视地瞟了几眼多布丽卡、信和柳条箱，够了，这位深夜来客终于得以进屋。

桌上一大本没做完的纵横填字字谜被清理走了，端上来放了糖的罗姆酒茶。男人的注意力很快就被箱子的材料和带缘饰的羊皮小手提包吸引住了；女人和蔼可亲地询问多布丽卡从哪儿来、与阿希姆是什么关系。

相信我，小妹妹，我理解那种痛苦，当你想讲而讲不出你所想、所感、所要讲的东西时，这种痛苦就会不可抗拒地产生。词典不仅仅用于救急，它对你的帮助比预期的大得多。阿希姆的母亲头一回听说了去年夏天的故事：汽车抛锚、帮忙、海滩重逢、野蜂蜇咬和帮助阿希姆的药膏。她也听说了舞会、岛屿游和承诺——只不过那把断汤勺，它是承诺的见证，那女人怎么也不理解。

多布丽卡获知，由于阿希姆很重视无拘无束，他搬出去住了，独自住在一幢高楼里，他也不再读夜校，因为他一大早就得赶去鲜花市场，开着送货车送花。尽管语言的桥梁相当狭窄，多布丽卡还是理解了女人在为阿希姆操心。男人早已上床睡觉，她们还坐在那儿，相互询问。这一夜多布丽卡是在阿希姆房间里的长沙发上度过的。

正午时她站在了他的面前，她感觉他震惊地打量了她一会儿，像在猜测他在哪儿见过她；他几秒钟后才想起她来，这怎么也没能逃过她的眼睛。他没能一眼认出她来，让她很难过，于是她讲出她的姓名，他听后一把抱起她，将她抱进他的住处。当看到他刚才在睡觉时，她原谅了他。他邀请她参观住处，称它是"我的小王国"。不可思议的是，这个强悍的男子竟会喜欢小巧的家具，墙上挂满鲜花的照片，他从八楼高高的窗户指给她看汉堡的建筑。他们用核桃蛋糕和红葡萄酒庆祝他们的重逢，她身穿她的印有罂粟花的连衣裙，他穿着灰色运动鞋和黑色T恤衫。他请求她一遍又一遍地讲述途中经历；她不用词典就讲得很清楚。她没有问起他的学业和工作，因为她相信她不该问。

当她认为时机到了时，就从她的小手提包里摸出那半把汤勺，轻轻地放到桌上。这个动作立即唤醒了有关那个沙滩之夜的回忆，那天晚上阿希姆在海里洗完餐具，不小心打碎一把铝制汤勺，他把勺匙交给她，自己留下勺柄，说了几句她听不懂的话，但她不必听懂就理解那几句话的意思，认为它们永远有效。盯着勺匙，他回忆起来了，他起身拉开两只抽屉寻找，他倒空一只收藏着各种纪念品和有纪念意义却无实用价值的东西的木盒子，他骂骂咧咧，绞尽脑汁回想，甚至找遍厨房里的餐具柜，可原配的勺柄仍然找不到。多布丽卡没让他再打碎另一把汤勺。她任他自责、任他愁眉苦脸，当他说他怀疑勺柄一定是在搬家时弄丢了时她哑口无言。一种前所未有的感觉攫住了她；她四肢僵直，再也控制不了自己的动作。他吻了她一下请求她宽恕，她真不愿感觉到那一吻。

为了向她表示她的到来让他多么高兴，他向她透露他的种种计划；他告诉她不久他将重上夜校，为了吸引多布丽卡，他设想出毕业后的种种机会。大概是她的沉默使他没了主意，他忽然提议去拜访他的密友。他们买了保温包装的烤羊肉、烤香肠，还买了红葡萄酒，坐汽车来到苏茜和皮特家，他俩在住处喂养着仓鼠、野兔和乌龟。吃饭时他要多布丽卡再讲一次途中的经历；她讲了，发觉他们在交换目光，她的德语让他们都觉得有趣，阿希姆甚至显得很骄傲。在厨房里苏茜要求和她交朋友，拉住她的胳膊，亲了她的脸颊。正如阿希姆事先预言过的，苏茜很快就谈起了她最热衷的话题：灾难、事故、宇宙威胁。皮特在一家广告公司担任动画绘图员，他愉快地将苏茜恐怖的预言画在一张张活页纸上。

多布丽卡一再扬手示意阿希姆走，但他似乎没有察觉；他好像害怕和她单独待在一起似的，磨磨蹭蹭，老是说："最后一杯，最后一杯。"终于回家了，途中他请她陪他来到一家通宵影院，一起观看贝格曼的《野草莓》。黑暗中他向她凑过身来，抓住她的手；当他抚摸她时，她感受到一种轻微的、极其陌生的疼痛，这疼痛后来也一再袭击她。

唉，多布丽卡，就是现在你回忆这一切的时候，你也说不清你是怎么了。

回到住处，阿希姆为他迅速制定出来的计划陶醉了：他要带多布丽卡参观港口、动物园、老城区；他建议他送花去商店时她就坐他的送货车，坐在他身旁，他要和她一起坐船去赫尔果兰岛。他又计划又盘算，问都不问她打算待多久就确定了下来。她呆呆地坐在那里，一声不吭地望着他。她早就察觉他心事重重，无话找话，因为他无法逃避她。我们大家都认为多布丽卡天真无瑕，涉世不深，然而，当他忽然又动作粗暴、怒气冲冲地寻找勺柄时，她立即明白这意味着什么。他喝了很多酒，路都走不稳。他嘀嘀咕咕、痛苦地自言自语，她听不懂，只听出个别单词，她如此重视丢失的勺柄，他觉得可笑；他难以排遣失望的心情，又喝下几杯葡萄酒，当他们最后睡觉时，多布丽卡不得不帮他脱衣服。

我要告诉家里的人，多布丽卡躺在床上一夜未合眼，拂晓时她轻手轻脚地爬起了床，阿希姆昨晚忘了调闹钟，因而睡得很沉。她悄悄地收拾好她的东西，洗漱一番，将半把汤勺放在桌上就出去了——没吃饭，没留一行字。快走，远离高楼：这是她暂时想做的事情；因此她在汽车停靠站问也不问车子开往哪里就买票上了车，她要去火车站，司机指点她在哪一站下车时她没留意——大概也不理解。失望使她的心头空落落的，茫茫然不知如何是好：这就是她当时的感觉。她呆坐在车上，坐过军营，坐过一座花园城市，一直坐到终点站。一名检票员上车来，当他对她的票表示不满时，她也没有借助词典替自己辩护。检票员显然和外国人打惯交道，毫不留情地坚持要她补票，但他最后只让多布丽卡补了所缺差额的一半——可能是因为看到她的胸袋里只剩下一张二十马克的票子。

她在一个售货亭买了一瓶果汁、一只奶酪面包，喝光吃完后她就迈开双脚走向火车站。她走过工厂的围墙，走过令人压抑的居民点，她不知道走的路对不对，因为她问了许多行人，令她吃惊的是他们都不懂徒步去火车站怎么走。她拎着柳条箱走了两个多小时，终于看到了指示她目的地的白色路牌。

她先是走进候车厅，找了张空桌坐下来，想休息一会。她刚叫了杯咖啡，立即有个脏老头走过来乞讨一瓶啤酒钱。多布丽卡正准备给他一些，侍者过来赶走了老头。她决定不买票钻上一列开往慕尼黑的长途快车。她相信，只要她在火车里来回走动，主动与检票员打照面，或去餐车的厨房里要求帮忙，她就能成功地走完一大半的回家路程。但她突然发现箱子不见了，那只祖父的旧柳条箱。她人未离桌，箱子却失踪了，一定是某个旅客或一直在她身旁荡来荡去的某个流浪汉身手敏捷地将它偷走了。她吓了一跳，在大厅里钻前钻后，心急如焚地寻找，对别人的喊叫、诅咒和辱骂充耳不闻，她在站台上跑来跑去，也没见到箱子的影子。一名铁路警察关心她、安慰她，他们一起找了一阵，见找不到，他就将她带进他的办公室，让她填写失物登记。

谁知道，假如既没证件又没钱、更没车票地站在铁路警察的办公桌前的是我们，我们会是怎样的心情？正如我们总是相信的，多布丽卡胆怯地、绝非沉着地声称，所有的东西都在箱子里，包括她的词典，失去它她尤感痛惜。她说她是来汉堡寻找一位远亲的，但没找到。最后铁路警察写给她我国总领事馆的地址，她道谢，在一张正式车票的发票上签上了真名；那车票允许她一次性地使用各种公交工具。她根本没考虑我国总领事馆，也没用车票，却在装运特快货物的车站前，以她自己独有的方式求助于一位货车司机，问他：您是去慕尼黑吗？那人表示遗憾，他不去慕尼黑；但他答应将她带到高速公路上的一个休息站，带到长途汽车司机们休息和补充体力的一家饭店。

多布丽卡，于是你又忍受着嘲讽，在烟雾腾腾、人满为患的饭馆里一张桌子一张桌子地询问打听。

她终于找到一对父子，他们正运送二十二吨咖啡豆前往慕尼黑,他们眯细眼提出一个条件,表示如果她能猜出一袋里有多少粒咖啡豆,他们就带她走,多布丽卡稍一沉吟,说道:十三万粒。年长的那位故作惊讶地向她表示祝贺,替她叫了一听可乐,邀请她同车而行。她获准在驾驶室里坐在两人中间,她不得不再讲一遍她家住哪里,为什么来汉堡——她也拿编造的远亲的故事搪塞他们——年长的那人说,他曾经带过一位盲人乘客,那人差点冻死在拖车上。然后他们打开收音机听音乐,吃饭,再听音乐。当车子在一道漫无尽头的山坡上爬行时,两个男人让多布丽卡上床睡觉去。那是张简易硬床,她在床上躺下来,被盖暖暖的、沉沉的,她很快就酣然入睡了。

她没睡多久,忽然感到有个身体贴着她,一只手放到她的屁股上,温暖的呼吸吹拂着她的头发。她吓坏了,不敢动弹。陌生的身体找到了最佳的睡眠姿势。一会儿后,年长的那人贴着她的耳朵说"你继续安心睡吧",于是多布丽卡不再紧张,枕着辘辘车轮声又睡着了。

她是被碰撞声惊醒的,随之而来的是颠簸和打滑;她抓住床上方的一只皮圈,感到自己正被抛过来抛过去,滑向车壁。多布丽卡听到几声激烈的金属撞击声,随即感到整个人腾空、倾斜,床一下子盖到了她身上,随着额头和脸颊一阵剧痛,她失去了知觉。

耳朵里响着她很久都无法摆脱的切割烧嘴的咝咝声,多布丽卡在别人的帮助下,爬出窄小的狱室,趔趄地翻过层层咖啡豆,登上救护车。透过乳白色玻璃窗她看到货车翻倒在不太深的山沟里。两只车轮只剩下两块黑皮,就像一场爆炸之后那样。一路上蓝灯忽闪,包扎好两位长途车司机的头后——年长者一直昏迷不醒——多布丽卡的伤口才得到处理。去医院的途中她一直坐在他俩中间的一张折叠椅上。

我要讲给家中的人听,当一位女护士亲切地向她询问各种数据时,多布丽卡假装失去了记忆;她自己也讲不清她为啥要这么做。她只说了她的名字。她在医院里只吃到一顿饭,医院坐落在一个她从没听说过的地方。在医院走廊旁的一间小屋里,她见到一张桌子上堆有十多束鲜花,大概是某位刚出院的病人的。多布丽卡挑选出最漂亮的一束,淋上水,开始寻找长途司机的房间。他俩的伤势都好些了,见到她都十分高兴,年轻的那位要求她等一等,等他哥哥来,他已从慕尼黑赶来了,回去时可以带她一起走。

多布丽卡从没遇见过这个哥哥这么寡言少语的人;在病房里,他文静地坐在一张椅子上听别人介绍事故经过,也不追问什么。当护士不让他吸烟时,他也是一言不发,无所谓地摁熄了。受伤者托付他什么他都点头同意。后来他在一个售货亭买香烟和口香糖,付给售货员二十马克,当他感觉找零不足时,他也只是一声不吭地伸着手索取,直到拿回了他想要的找零。去慕尼黑的途中,多布丽卡给他讲她家乡的节日,他唯一的反应也只是不时惊奇地瞟她一眼。不过,快到火车站时他终于开口了,他建议她一块儿去他家,他可以让她看他养的多种鱼类。除了撒谎,她想不出更好的办法拒绝他的邀请:她声称与友人约好了在火车站见面。

他显然不信她的话,坚决要陪她去火车站。多布丽卡越来越急,因为她不知道该怎样摆脱他。在火车站,他再次提出他的邀请。他们吃完他买的蒸排骨，又开始在旅客中边挤边找。多布丽卡忽然听到了熟悉的乡音，两名老乡坐在快餐桌旁，正边喝啤酒边聊天；她走近他们，故作欣喜若狂的样子，与他们握手，热烈地交谈。那位哥哥以为她真找到了同伴，只得告辞离去。

多布丽卡只不过是在向她的老乡打听，什么时间、从几号站台有火车开往奥地利，车票有多贵。他们对此了如指掌。当他们获悉多布丽卡在汉堡弄丢了行李、身上既没钱也无证件时，他们便邀请她和他们一道搭乘一辆普通汽车越境。他们来到一家饭店，店里很冷清，墙上装饰有照片和壁毯，在这里他们又见到两名老乡；他们交谈时，多布丽卡不得不坐在一旁的桌子边耐心等候。他们谈完又喝了点葡萄酒，临动身之前还叫了浓咖啡。最后他们五人一道上路了，心情舒畅，满怀信心。

在一座停车场上，当那些人拿草席铺好行李仓，要她躺进去时，信心也没有从多布丽卡的心头消失。他们向她保证，她只需在里面躺上不足半小时，然后拍拍她的肩，合上车盖。多布丽卡等待停车、等待脚步声和边防警官的问话，但车子开个不停，根本没有任何驶经检查站的迹象。她感到头晕恶心，同时觉得有一座巨大的黑暗深渊正在吞噬她。当汽车最终停下时，她快动弹不了啦。两个男人抱出她来，让她坐到一张长椅上休息。等她恢复过来后，他们纷纷夸奖她在穿越边境时表现出的镇静自若。一块路牌告诉她，他们已在奥地利境内。

唉，多布丽卡，我的小妹妹，你不假思索地参与了一切，好像你别无选择似的。

她和老乡们一块儿横穿奥地利；一路上除了领头的阮柯一人沉思不语外，其他人都乐呵呵的，又是唱歌又是猜谜，想象回到家后该如何庆贺。在一座山林里，他们离开大道，驶向一块林中空地。众人钻下车，未约时间就躺了下去，多布丽卡怎么也想不到他们竟能一沾地就睡熟——至少有三个人是睡熟了，阮柯躺在地上密切注视着灰蒙蒙的大道，不停地手持望远镜观察林木稀疏的山坡，我国的边界就位于半山腰。

我要告诉我们的家里人，那天夜里月光皎洁，一辆古怪的轿车向空地驶来，轿车是黑色的，门窗上绘有棕榈树的枝条和十字架。一人跨下车来，众人毕恭毕敬地向他打招呼，将他领到一边，解释多布丽卡是怎么回事；她相信他听后放了心。他久久地凝望着苍白的探照灯光笼罩下的山体。在他的提议下众人吃完了饭，又听从他的召唤，先后走近汽车敞开的后门，各接过一个收拾好了的旅行背包。阮柯没拿背包，他帮助别人将包背好，系紧背带。阮柯和陌生人低谈一番后，招手让多布丽卡过去，说是也替她准备了一个背包，但得当场包装——没有别人的那么鼓那么沉。她猜不出包里装的是什么，只奇怪怎么会那么轻。他们让她在山后一家车站酒店交货，那儿离她家很近。他们轻轻地拍拍她的背包就告别了，多布丽卡和三个男人前后相跟着走向边境的方向。

他们在一条小瀑布前分了手；三个男人钻进了密集的松林，多布丽卡则按照叮嘱，沿着一条崎岖不平的羊肠小道往前走，小道顺着溪水，一路逶迤，通往一座树木很少的山峰。临别时一人对她耳语说：你不会觉察边境的。小道越来越陡，越来越坎坷，她很少停下来休息。她感到天色正在破晓，她很快就不再怀疑那些零星的伤残的松树。探照灯闪烁不停，发着信号，也没有引起她的猜疑。她不知道高处滚下的石块意味着什么，它们骨碌碌地滚下来，越滚越快，从她的头顶飞过；她只顾往前爬，猛地两名边防警察站在她身旁，灯光中她认出了另两名边防警察的身影。她当场就想将背包交给那些公职人员，但他们拒绝了，要她自己背去边防检查站。在检查站他们要她取出包里的东西：药盒、几条美国烟。多布丽卡指望能在检查站遇到和她一块儿出发的另外三人，但他们显然已安然脱险了。她怎么也不愿相信，她本人只是被利用来引开边防警察的注意的。

哎呀，多布丽卡，你知道小小监狱里的看守对你是怎么想的吗？他不限死探监时间就表明他对你的态度了。

无论如何是他应多布丽卡的请求最先通知我们她身在何处的。总有人愿意为她冒点险。她向我走来时是多么从容啊！她叙说时是多么镇定啊！有时她听起来好像不是在讲她自己而是在讲别人的经历。谁在等候起诉时都不会有她那么冷静。她愁的只是她给我们带来了这么多麻烦。她让我们别寄东西给她。至于信，只有当我们大家都在上面签上名，她才会高兴。被带走时她面带微笑，当她在阴森森的走廊中央再次停下、转身向我挥挥手时，我明白了，那身印有罂粟花的单薄衣服她不可能穿多久了。

朱刘华　译

一种紧急自卫方式

他目不转睛地盯着那艘被架高的汽艇。"你得上去。"姑娘说道，没有看他，"先上汽艇，再爬到油毛毡阳台顶上，来到墙边你只需要推开他的窗户，窗户总是虚掩着的。"雪花飘飞，小伙子的目光从姑娘身旁望着汽艇。艇身显得低矮，艇上罩着防水布，汽艇将本来就小的后院占去了大半，紧挨着房屋，以至于屋里的人不得不生活在它的阴影里。"你能行吧？"姑娘问道。"放心好了，薇拉。"小伙子回答说，继续打量着那艘旧艇，它搁在架子上，架子陷死在地里。河流的牺牲品，它似乎已经决定永不返回水里。"这艇是他的吗？"小伙子问道。"不是，"姑娘说，"这艇是他的房东的；我家老头子不敢下水。"

他们又叫了第二杯饮料，默默地等候侍者送来，当快快不乐的侍者转身离去后，他们顽皮地互相挤挤眼睛，又望向窗外苍茫的暮色。一切都显得萎缩了隐退了，连安静的雪花似乎也只有灯光下才有。

"别忘了，曼尼。"姑娘面对玻璃说，"肯定在词典里，他总是将钱放在词典里。""他的图书室很大吗？"小伙子问。"有两百本书。"薇拉回答说，在窗玻璃的镜像里寻找他的脸，"他从不让书超过两百本。你别问为什么。""也许他只需要这么多。"小伙子说道。"也许吧。"姑娘说道，扯扯她的肥大的羊毛衫。

曼尼点燃一支烟，他的细项链和他当坠子挂在胸前的微型镀金刀片忽闪了一下。他扣上衬衣领子,将烟搁在烟灰缸边缘,走向自动音乐播放机。他迟疑甚至茫然地在那儿站立片刻,仿佛忘记了他走过去的目的;然后他振作精神,双手轻抬,尴尬地望向薇拉;他将两枚硬币塞进一台自动播放机,心不在焉,看都没看指示灯和旋转台就走回桌前。

姑娘不理他,朝着房屋的方向点点头:"你瞧,他那儿不是黑洞洞的吗?礼拜二他从来不在,他每个礼拜二都去城里和她约会,准定。""和谁?"小伙子问。"和母亲。"她说,"离婚后他们一直是每礼拜二约会一次,他们相处得很融洽。""有必要这样吗?"小伙子说。姑娘耸耸肩:"那是因为他的工作,他再也胜任不了他的工作了,因此他们就分道扬镳了。""可他只写作。"小伙子说。薇拉回答说:"就是。"一会儿后又说,"写故事,他一直在写故事,我都弄不清他究竟写了多少本。""你不读那些故事?"曼尼略感惊讶地问。"过去读过。"薇拉说,"过去我读过,过去他写得比现在好,可现在……你知道,他老是重复。"

小伙子转脸朝着她,他的脸很宽,皮肤滑嫩,脸上呈现出明显的不快;他盯视她良久,最后问道:"那他不是很有名吗?""可以这么讲。"薇拉说道,"大概在他的同行中他很有名。他要的只是最严重的可能,他本人老是说,只有在展示某种东西最严重的可能时,故事才有意义;他只想找到这种可能。"薇拉以为曼尼在回味这句话,可他突然问道:"你家老头子是不是很胖?""相当胖。"姑娘说,"不仅胖,而且头发也快掉光了,可他很灵活。""我见过一次他的照片。"小伙子说。"你要是见到他,你会以为他在守孝。"姑娘说,"他一直胡子拉碴的。"

一位老人走进来,招呼也不打,抖掉皮夹克上的雪,踢踢嗒嗒地走向柜台,在厨房门附近的一张桌旁坐下。等待时他埋着头,看得出很不安。他从袋子里掏出一只金属盒,打开,望着盒里的烟发愣,却没动它们。侍者走进厨房,不一会儿就端出一盘豆子汤,一声不吭地放到那人面前。那人既不感谢,也没抬头看他,立即狼吞虎咽地吃起来。

"我也想吃点东西。"薇拉说。"现在?"曼尼诧异地问,停一停又补充说,"我们是要吃的,但先等我干完了,等我回来后。"他恳求地、有点失望地望着她,向她伸过手去,但她已经背转身,望着窗外,低声说:"这下天够黑了,你说呢?"小伙子一点点地往上拉起外套的拉链,摸出几枚硬币,递给薇拉。"好吧。"他说,似在找借口推迟出发。"那好吧,我在这儿等你。"姑娘说。他站起来,一只手插进袋子,抓住手电筒,将小开关推来推去。"祝我成功吧。"说完,他猛一转身,脚步坚定地走向门口。

来到门外,他竖起衣领,贴着墙观察大路;远远的街尾,一辆汽车正在雪中爬行,艰难而笨拙,车灯昏暗,只能照出一点点远,在密集的雪花中像发亮的柱子。他感觉寒意是种享受。路对面,一对夫妻刚跨出大门,无言地相互搂着,耷拉着肩步步前挪。在确信可以不被人看到地到达大门过道后,他上路了,不慌忙不紧张,慢慢腾腾,步步稳健。他在过道上站住,背倚潮湿的墙,自觉已成为漫天黑暗的一部分。他想摆脱他行将潜入其房中的那人的影子,但没有用,那张皮肤松弛、愁眉紧锁的脸顽强地停留在他的脑海中。

他此刻站在那儿的样子谁也不会有兴趣搭理,他意识到这一点,因而动作不紧不慢,几乎没有听听,只是机械地证实一下:深吸一口气,就走出了过道,走向高度只及臀部的铁丝网,那艘汽艇就搁在网后。

他跨过铁丝网,蹑手蹑脚地走向汽艇尾部,爬上艇,紧张地断定平安无事后,又躬身来到艇首,由那里爬到阳台顶上,他知道她正在观察他,她的目光陪伴着他。他想象了一下她必然会看到的他的形象:一个敏捷的身影在艇上奔跑,然后直起身,紧贴两扇黑窗之间的油毛毡阳台顶。他慢慢蹲下,移近窗户,他用手推,又推又拉,打开了窗户的一翼;不用刀子他就推开了。

曼尼伸出手,触到了垂放着的卷叶窗帘,碰得帘子哗哗响,他小心地推开灰色硬纸板,向黑洞洞的室内窥望。他掏出手电筒,但没有打开,蹲在那儿等候动静,脸上感觉到一股暖流。有冷却的烟灰的味道。他听了很久,没听到呼吸和响声。在从窗户钻进陌生的房间前,他曾想给坐在酒馆窗边的薇拉打个信号,虽然雪花纷飞,她或许也能看见;但他担心被人发觉,就作罢了。

脚一落地他就掩上窗户,重新放下卷帘。现在,在窗龛里一动不动,他肯定陌生的房间里不止是他一个人,因此他犹豫着没有揿亮手电筒。他的手紧握着那棍子形状的金属筒身,当他先是听到一声叹息然后又听到几声听上去像自责的不满响声时,他举起手电筒,做好准备。纸张沙沙响,手指在黑暗中摸向一个目标,嘟嘟囔囔地骂了一声之后,灯亮了,一台有着彩色灯罩的老式台灯发出温暖的光芒。自制的书橱前面,就在写字台旁边,一个脸庞肿胀的胖男人躺在破旧的皮沙发上，他穿着针状条纹西装，马甲的扣子扣着；由于躺在灯光里，他拿一页手稿遮在眼前。曼尼立即认出了他是谁。

男人突然重重地呼吸起来，速度没有加快，只是很响。他身体抬起一点，向小伙子挤挤眼睛，小伙子依然站在那里不动，盯着那人及其周围能看到的一切：写字台上堆得满满的，几只未洗的烟灰缸压在手稿上；书橱上除了书还有烟灰缸、根雕和照片；羊毛被、煤油炉、脏枕头、青铜像，它表现的大概是个牧鹅女。

"您想要我的什么？"男人问道，"您想干什么？"曼尼不吭声，一动不动。那人抬起身，没有生气，只是有点不高兴，他用双手抹抹脸，仿佛是在干洗脸似的，轻轻地摇摇头，平静地盯着来人的眼睛，很容易就捕捉到了对方的目光。曼尼想推开卷帘跳上窗台，再从阳台顶上跳到艇上，然后从大门过道逃走，溜进雪夜里，但他做不到；他这么盘算，做出决定，在脑海里实施——但就是逃不了。他说不出是什么阻止他这么做，使他僵在原地，注意力高度集中；他只感觉一下子丧失了按计划行事的能力。

"我不想逼您。"男人说道，"但您或许可以向我透露一下您来访的原因，您显然是有某种目的的。"见小伙子不想或没有能力回答，他转身从一只木盒里取出一支加长烟，细心地拿一把小刀在烟上刮刮，然后点燃。他做个抱歉的手势，说："请您务必理解我为什么不给您烟抽。"他又抬脸望向小伙子，大概是想看看他的话所起的作用；突然，他全身痉挛，缩作一团，极力克制，身体前倾，又马上恢复清醒，胳膊撑在写字台上。他坐在那里，脸上挂着微笑，那是苦涩、尴尬的笑，他的身体微晃，眼球鼓起，太阳穴上的汗珠闪闪发亮。

"书橱上的茶壶里有凉茶。"他说，"请您给我拿点来。"曼尼不动。"没水我吃不下药。"男人边说边将一只珐琅药盒里的东西倒在桌上，"您觉得很为难吗？"这下曼尼摆脱了他的僵硬状态，快步走向书橱，取下茶壶，走到写字台前，将茶倒进杯子，眼睛始终没有离开过男人。当他将药片塞进嘴里闭眼吞咽时，曼尼发现书橱的最下层有很多词典。

"谢谢。"薇拉的父亲说着，伸手拿烟，紧张地望向小伙子，后者的手还攥着沉甸甸的手电筒。附近厨房的冰箱自动通电了；室内静得能听见瓶子的叮当声。那人问："您到底想做什么？这儿没您好拿的，您肯定不是想来干掉我。我估计您是看错门牌了，钟表匠住在隔壁。"小伙子盯着他，脸上的不安没逃过对方的眼睛，那是渐渐增长的羞惭。但男人没有乘机利用他的优势。他承认他还没有绝对的把握，他必须考虑周全。他用手指指写满字的纸张说："这就是我的一切，写满字的纸。我是个作家，您要是感兴趣的话，我干这行三十多年了。"

"我知道。"曼尼脱口说道，但他似乎并不想讲这句话。男人坦然地望着小伙子，很希望他能走到亮光中来，但他不敢要求对方这么做；一会儿后，他用谨慎责备的声音说："我都快、快找到结尾了，可这时您进来了，也许您不会理解，可您不仅打扰我，而且让我丢失了一种体验。""为什么？"小伙子问。"我需要的这种体验，"男人回答道，"我在写作时获得，我都快获得了。"

"您坐着别动。"小伙子警告说,"您坐在那儿别动。"男人原想站起身坐到写字台前的椅子上去,现在只得坐回原处,轻轻点点头,似乎在说,他终于明白他意欲何为了。他解开衣领,松开领带结,然后将稿纸收拢,堆到一起,拿手拍拍说:"您如果想要,可以拿走,这故事还没写完,您如果是为它而来——请吧。有关的体验反正还没有写清楚,现在还一无所觉。""您这话什么意思?"小伙子问。男人暗暗地偷笑,回答说:"那种感觉,某些时刻的灵感,还没苏醒过来,但接下来就会思如潮涌了:我们在阅读后会更加敏感地发现涉及我们自身的或周围的一切。"他看到小伙子脸上浮出不信任的神情,立即明白他可以走多远,说道:"也许您会对我想起的东西感兴趣,也许您比别人更能理解。故事中的年轻人和您差不多年纪,他也没有工作。您没有工作吧,是不是?"

曼尼不吱声,只是警觉地站在那里,男人开始讲起来,仿佛在透露一个秘密似的,他讲得很吃力,不时压低嗓门,争取不让他的听众丧失兴趣。

"您瞧,"他说,"我故事中的主人公是您的同龄人,他也想做些不寻常的事情,他生活在北方的港口城市,捕鲸舰队的辉煌历史已经一去不复返了,现在来港口的只是些海上捕鱼船和柴油机船,它们都被迫停泊在船坞里。我称他为德特勒夫。德特勒夫——一个您这样的年轻人,高个子,怪脾气。夏天他经常独自一人在沙丘里过夜。他父亲在一家拍卖行当看守,为儿子他忍受了说不出的痛苦,早就放弃将他纳入正常家庭生活轨道的打算了。"

"您干吗对我讲这些?"小伙子不安地问,"为什么?""您该坐下来。"那人说，"坐着听舒服些，您拿张椅子坐下吧。"他没等小伙子做出决定，就迫不及待、又不失分寸地继续讲起来，"八月里的一个夜晚，德特勒夫看到年久失修的海员之家的勤杂工交给他父亲一只水手包，包鼓鼓囊囊，是用防水帆布缝制的，勤杂工帮助父亲将包背到背上，又站在门口目送他离去。父亲开始时摇摇晃晃，随后似乎找到了与重物相吻合的步子，跌跌撞撞，踢踢嗒嗒地离去了，虽然样子很吃力，步子迈得很小，但他越走越稳。

"德特勒夫从背后走近勤杂工，静静地在他身旁站了片刻，询问包的来历。勤杂工热情地回答了他：包里装的是一名老舵工的全部家当，他死在海员之家，由于没有亲戚，他的财产将被拍卖。当德特勒夫指出如果不知道包里有什么就无法叫价时，勤杂工简洁地回答说：'这是我们这儿的规矩，传统和规矩。海员的遗物封起来整个儿当一件拍卖。''结果大概总令人失望。'德特勒夫说。'是啊，'勤杂工说，'但也有愉快的时候。'他期期艾艾地承认了开心的一点：舵工是个讨厌的家伙，好斗，好报复，跟谁都合不来，没一天不怀疑同室人偷了他的东西。'我不必再为此操心了。'勤杂工说。

"促使他立即采取行动的念头不是此时形成的，而是后来在港口见到两位海员将他们半鼓的水手包背上一艘开往加拿大的专线船只时。他知道下次拍卖就在明天。他离开码头上他心爱的地方——一只随随便便地系在突码头上的烂木船——溜达回城。"

小伙子坐下去，他动作僵硬，似乎中了什么邪似的；他手握沉甸甸的手电筒，眯眼望着男人，男人现在似乎不仅向他转过身来，还边讲边带着询问的表情望向他身后，像在期待证实似的。

他忽视了小伙子在就座的事实,或者是看到了但没在意,他更关注另一个人:德特勒夫,他显然更要求男人集中精力。

"您知道,"他接着往下讲,"德特勒夫从一家锁铺借来管子钳和万能钥匙。他是向铺主的儿子借的,答应付给他罕见的租借费:一把六角测向仪。然后他走进冷饮店,对几个熟人爱理不理;他在彩灯照不到的一个角落里坐下来,等待女招待卡伦过来。她是个大眼睛姑娘,身段苗条,头发平压在头皮上,像是刚从水里钻出来的似的。她还是老样子,不乐意地走近桌子,问他要什么冷饮。她不信任地望着他装工具的亚麻布包。她的目光里包含了她对他的态度。'你好,德特勒夫,你要什么?'

"他点头示意她走近,再近点,再近点,她不情愿地听从了。他简单地向她谈了他的计划:首先他不会顺手牵羊,他只想查出死去的舵工的水手包里有些什么,弄清后他在拍卖时就可以掌握主动权,从中获利,那时他就可以最终偿还他拖欠她卡伦的旧债了。为了能成功,她还得再借他些钱,最后一次。他要她下班后来找他,让她亲眼证明,他为的只是弄清底细好掌握主动权,包里的东西不会少,绝对不会。

"卡伦未置可否就走开了。他没有离去,喝着卡伦匆匆端给他的冰冻柠檬水,目光一直跟随着她。他一直等到最后一批客人离开,卡伦结完账来到他的桌前,他不必再问她什么了,她的姿势就是无声的敦促。

"拍卖厅位于市场旁边,市场上空无人影。途中她似乎无话可说。拍卖行原是家商店,年久失修,仓库由地下室改建而成。她默默地听着他的预言和不厌其烦的许诺。'你会看到各式各样的东西在等着我们,也许是墨西哥的什么东西。包里装着他的全部财产。我们叫价,叫到别人不再叫为止。你想要什么就拿什么,余下的我用来还债。'在这夏夜的北方,远方微光闪烁;虽然此时距离子夜只剩一小时,天色还没有黑透。"

男人中断讲述,惊讶地望向曼尼。曼尼站起身,匆匆拿手拍拍他的包,但似乎没找到他要找的东西。"您找什么?"男人问,由于没听到回答,他又问了一遍,"您要什么?烟吗?"小伙子摇摇头,又坐下了,抬抬手,显得很不耐烦。

"好吧。"男人说,"我们讲到了去拍卖行。现在您想想,当姑娘舒适地在电子钟旁转悠时,德特勒夫悄无声息地敲开了地下室的窗户,这很简单,他在一块麻布上涂上了厚厚的润滑油,将窗户打碎得恰到好处,使所有的玻璃碎片都沾在涂油的布上。他伸脚钻进去之前,还信心十足地向她招了招手。他不需要亮灯,街灯的灯光虽然很暗,但足以让他看见或感觉到各种东西的轮廓,橱、椅、玻璃柜、卷着的地毯、放餐具和银器的桌子——所有准备拍卖的东西。他谨慎地挤过狭窄的通道,慢慢往前,在一个敞开的玻璃柜里,他摸到了胸针、项链,还有银盒子,但他只是摸摸而已,一件也没有装进口袋。他后悔没带盏灯来。

"一只关闭的放衣服的箩筐上,放着、更准确地说是竖着一只水手包——靠在一个角落里。一根铁链穿过所有小孔,锁死了包,铁链的两端连着一把沉重的电镀锁。德特勒夫翻过来,跪下去,这样水手包就齐他的肩了。他疑惑地摸摸、敲敲,感觉不出里面究竟是些什么，说不出它们确切的名称，只知道有的软有的硬，有的棱角分明。他将钥匙插进锁孔，一把一把地试，锁有他一手掌大，只有当所有钥匙都不合适时，他才准备动用管子钳。德特勒夫成功地打开了锁。

"松开铁链后，他扯出盖布，解大包口，将一只手放在最上面的东西上。他感觉那东西凉凉的、滑滑的，手指一松就缩了回去；必定是绸缎。这是绸缎，德特勒夫擦燃火柴，立即认了出来，深红色，用绣花彩带捆成一捆。他取出绸缎放到箩筐上，又在舵工的遗物里翻起来。他先一样一样地摸，在心中估猜那是什么，然后放到筐上，只有在要确认什么时他才擦根火柴看看。他取出几双袜子、一只剃须用品包、一札信、一双帆布鞋、几件衬衫，他突然摸到一只木盒子，急忙打开来，在火柴光中看到一个黄铜的六角测向仪。德特勒夫很高兴，他只感到高兴而不惊讶。水手包还没翻到一半。

"他小心地掏出一只布做的短吻小鳄鱼，如获至宝，高兴得冲它直龇牙。他将一帧照片拿到光线下，若有所思地摇摇头，照片上的女人胖得不见脖子，正欢笑着站在一只小马凳上收获苹果。一只上锁的小皮匣，他一碰就知道里面有硬币。德特勒夫没有打开匣子，将它放到箩筐上；还有烟袋，里面装着金属的东西，可能是戒指之类；还有一块带链子的怀表，他把它们一一放在箩筐上。

"蓦地吹来的一阵风使他屏住了呼吸，没有风声，只感到冷气袭身。一定是哪里有扇门被悄悄打开了，有人正站在什么地方窃听。沉缓的脚步从高处下来，德特勒夫蹲到箩筐后面，相信身前的水手包可以遮住他。他担心地摸摸他的工具，大概他在抚摸戒指时不小心，让两把钥匙相碰，发出了叮当声。灯光很快找到了他，灯一亮他就被罩进了光圈。光线刺眼，他抬起胳膊挡在脸前。

"一言不发，逮住他的看守一言不发，只默默地拿灯光罩住他。德特勒夫站起身，往旁边跨一步，说：'把灯关掉吧。'一会儿后又说，'别再照我了。'他转过身去，又疑窦顿生地转回来，对着暗处问道，'是你吗？''是的，'德特勒夫的父亲回答说，'是的，是我。'德特勒夫双手伸在前面，迎着灯光走去，不时地磕碰在桌角和橱上。等他认为走得够近时，他停下来低声说：'相信我，我并不想拿东西，我一样也不想拿。我只是想弄清水手包里装的什么。'"

听到这里，曼尼将手电筒放回外衣里，摸出一盒火柴，问男人有没有烟。薇拉的父亲审视地打量他一眼，带着令人费解的满足感扔给他一包："您请便吧。"

接着讲时他的声调就更坚定、更自信了："他们面对面站在堆满货的地下室里，一个站在灯光下，另一个在反射的灯光下只是个高大的身影；他们似乎在各做各的决定。最后德特勒夫恳求道：'你得相信我，你自己来看看吧，那样你就信我了。'他心有不甘地往后退，倔强而紧张，要求父亲跟他去查证水手包里的东西。德特勒夫在箩筐旁弯下身，手指他堆在那儿或放在一旁的东西，说：'啥也不少，本来就不会少什么。卡伦会向你证明的，她就等在外面。'他麻利地抓起几双袜子扔进水手包，一只胳膊伸进包里，用力捣实，显然是准备将死者的遗物全部重新放回去。

"斜侧头，胳膊齐肩伸进包里，他就这样将东西往包里装，他手忙脚乱，沙沙的摩擦声盖过了他急促的呼吸声。突然，很响的一声'咔嗒'，金属的声音，透过防水布传到包外时有些沉闷。德特勒夫呻吟起来。他缩回上身，嘴里发出恐怖的尖叫，使劲从水手包里往回抽右手。但不行，任他怎么抽、怎么扯，就是抽不回；他的手似乎被铆钉铆在水手包里了。'帮帮我。'他喊道，'我的天，帮帮我吧！'

"看守仍拿灯光照着德特勒夫，向他走来，犹豫不决，不知道是否该帮他——大概他想先证实一下那不是诡计——然后，他将打开的手电筒放到一张桌子上，双手伸进水手包，掏出德特勒夫刚理好的东西。他摸到一只铁夹子和一根金属弹簧，夹住德特勒夫手的就是那只铁夹子。德特勒夫不停地呻吟，带着哭腔催促快点。'就好了，'他的父亲说，'马上就好了。'他们一眼认出，他们一起从水手包里掏出来的是只捕捉器，一只结实的海狸捕捉器，有一排锋利的铁齿；它被张开放在包底，等待着窃贼。铁齿毫不迟疑地咬住了手，两只手的指甲都快给咬掉了。德特勒夫独自一人没有能力打开夹子解救自己。他哭着要求道：'快点吧，我受不了啦，快打开这东西吧。'但他的父亲不慌不忙，不得不用上全身力气才将夹子打开，然后拿手帕包住伤手，说了声：'好了，走吧。'德特勒夫问：'你不会告发我吧？'但他没有回答。"

男人双手放到写字台上，不再言语，似乎决定要耐心静候小伙子的反应。曼尼已不在聚精会神地听他讲了，而是惊慌失措地坐在对面。

小伙子忽然站起来，从衣袋里掏出沉甸甸的手电筒，略一踌

213

踱，走近写字台，目光像是极偶然地扫过书橱，直到最底下一层的词典，但没在上面停留，又掠过那人投向那叠手稿。他将纸张拉近自己，打开手电筒照着文章。他面无表情地阅读，似乎啥都没有读进去，此时那人正用眼角观察他，小伙子突然向手稿弯下身去，又疑惑地抬起目光，似乎有了什么重大发现，男人不安地问："怎么了？"片刻后又问，"有什么不对头吗？"小伙子不敢肯定地说："这里写的不一样，这里写的是一家美容院，一个叫瑞塔的女按摩师，一位老太太，她的珠宝和她的色素失调；另外，题目是《竞争》。"男人微笑着说："我知道，但您读的仅是故事的开端；故事的主人公是您这个年纪的少年，他是女按摩师的朋友，没有职业，是个梦想家，自以为是正义的维护者。"小伙子茫然地盯着他，不知所措，满腹狐疑，最后问道："那水手包的故事呢？你给我讲的又是怎么回事？""噢，"男人说道，"这则故事就是这么产生的，是您自己激发了它的诞生。"

曼尼猛转身扑向窗户，推开卷帘，他本想一跃跳上窗台，但没有成功，只得重来。没有挥手告别，没有回望一眼室内，他悄悄地滑下油毛毡阳台顶，躬身跑走了。他让窗户开着，也没等室内的人从里面关上窗，但他在第二扇窗户的外面停了下来，不是因为好奇，而是出于对安全的本能需要，他透过外窗台和卷帘间的窄缝向室内窥望。男人正在喝东西，或者更应该说他是正想喝他的凉茶；他的手抖得厉害，不得不放下杯子，稍事休息后又用双手捧到唇边，但仍未能阻止液体泼出来。

曼尼不敢从阳台顶跳下到搁在那儿的汽艇，于是双手吊住屋檐下来了。

  薇拉已经不坐在酒馆的窗边。他很快看出了这一点，翻越过铁丝网后就跑了起来。雪下得小了，在大门通道与大路相连的地方，一个男人正在擦拭汽车的挡风玻璃，车上的收音机开着。曼尼还没走到他那儿，薇拉就从黑暗中钻出来，如释重负地说："你终于回来了，我以为出什么事了呢。""没事。"曼尼说，"啥事也没有。"他一只手搭上她的肩，将她拉近身边。"那词典呢？"姑娘问，"你找到了没有？""当然。"小伙子说，"可里面啥也没有；那里空无一物，根本没什么东西好拿。"

朱刘华　译

译后记

西格弗里德·伦茨（Siegfried Lenz）是德国当代享有世界声誉的作家，也是德国继承现实主义传统的代表作家，在当代德国文坛的地位仅次于伯尔和格拉斯。

一九二六年三月十七日，伦茨出生于东普鲁士马祖里地区的吕克城，父亲是海关官员。他在法西斯统治下度过童年时代。一九四三年中学毕业后被征入伍，当了一名海军士兵。在纳粹军队溃败时逃往丹麦。战争结束前夕，他在丹麦的森林里度过一段时期。战后，他到汉堡大学攻读英国文学、德国文学和哲学。一九五〇年任《世界报》副刊编辑。一九五一年起成为职业作家，定居在汉堡。这个德国北部的港口城市成为他许多小说的创作背景。

一九五一年，他的《空中有苍鹰》问世。这部中篇小说叙述第一次世界大战后一个逃犯在芬兰边境被边防军打死的故事。小说发表后，引起文学界的重视，次年荣获莱辛奖。他在文坛崭露头角后，创作欲一发而不可收，接连推出一批有影响的佳作，其中有描写一个德国上校重访非洲战场、受到良心谴责的小说《与影子的决斗》(1953),还有描写一个老潜水员因担心年老失业而涂改证件上的年龄、终被辞退的中篇小说《激流中的人》(1957)。一九六八年,他推出了长篇小说《德语课》。这部作品取材于画家埃米尔·汉森在纳粹统治时期被禁止作画的真实事件。作者不以第一人称出现在小说情节的主线之中,而是让一个少年犯被罚写作文叙述小说的主要情节,他的父亲是一个警察,他在作文中叙述了他父亲盲目执行纳粹的命令,对一个在战争中救过他性命的画家进行迫害的罪恶行径。小说以传统的叙述手法,剖析和批判了长期被作为"德意志品质"来宣扬的"忠于职守"的思想,引起读者强烈的共鸣,激发人们对被纳粹践踏的公民义务进行反思。《德语课》使伦茨一举成名,同时也使伦茨成为战后德国最重要的作家之一。

一九七十年代,伦茨的小说创作进入了一个崭新的时期,这一时期的作品更加贴近现实,针砭时弊,从不同的侧面描写不合理的社会现象,主题思想进一步得到升华。长篇小说《楷模》(1973)是他这一创作时期的代表作,叙述了三个教育工作者着手编写教科书的第三章《传记与榜样》,四处寻找可以编入书中的"楷模",最终一无所获的故事。小说通过资本主义社会中找不到楷模的事实,揭露了现实生活中的弊端,反映了人民的不满情绪。另一部值得称道的小说是《家乡博物馆》(1978),写一个地毯工人看到过去的纳粹州长被选为家乡博物馆的馆长,怒不可遏,亲手把博物馆付之一炬,表示他对历史的本质和意义的怀疑。

伦茨是一个多产的作家,除了创作长、中篇小说,他还写了大量的短篇小说,以及剧本和广播剧等,他的短篇小说题材各异,意蕴深远。如短篇小说集《苏莱肯村曾经如此多情》(1955)，是他给妻子描绘童年情景的二十个故事，取材于家乡吕克的童话和轶闻，大多荒诞怪异，充满讽刺意味。按照许多读者的看法，这些"乡土小说"是伦茨最优秀的短篇小说。伦茨在后记中说："我的故乡可以说是在历史的背面，它没有产生过著名的物理学家，也没有产生过旱冰运动冠军或者总统。相反，在那里能找到的是人类社会不显眼的金子：伐木工、农民、渔民、领实物津贴的工人、小手工业工人和扎扫帚的人。他们与世无争，不急不躁，相安无事地过他们的日子……这个集子所收的故事和小品就仿佛是对马祖里人心灵的探索……"伦茨就是这样把他的家乡作为小说中的现场，并以此为立足点，以文学手段展现社会的各个细节。在德国二十世纪五十年代的"乡土小说"中，伦茨的短篇小说占有重要的地位。伦茨的其他短篇小说集还有《雷曼的讲述》(1964)、《汉堡人物》(1968)、《被嘲笑的猎人》、《败兴的人》(1965)、《爱因斯坦在汉堡横渡易北河》(1975)等。

  伦茨在创作上深受福克纳、陀思妥耶夫斯基和海明威等人的影响，可以说陀思妥耶夫斯基是他创作的启蒙老师，他的处女作《空中有苍鹰》就明显地带有陀思妥耶夫斯基作品的艺术色调。他的《被嘲笑的猎人》使人联想到海明威的《老人与海》的写作方法。当然，伦茨在创作上也有其显著的艺术特色，他在作品中大多采用现实主义的创作手法，避免使用异乎寻常的新奇的文体手段。他的作品的主题往往通过历史的影射、历史的联想和历史的回忆显现出来，在一定的程度上触及到资本主义社会的实质问题。

收入本书的《灯塔船》(1960)是一部脍炙人口的佳作。这部小说以深刻的思想性和迷人的艺术魅力赢得了读者的喜爱，至今在德国仍长销不衰。小说描写了一艘灯塔船的全体船员与一伙罪犯英勇斗争的故事。事情发生在第二次世界大战结束后过了九年的一个秋天。一艘作为航标使用的灯塔船停泊在波罗的海海面上。一天清晨，船员们发现远处海面上漂着一艘摩托艇，船长弗莱塔克立即派两名船员乘救生艇去营救。然而救上船的三个人竟是负案在逃的罪犯，他们抢劫了邮局，正受到警方的通缉。这三人登上灯塔船后凶相毕露，强迫船长命令船员把他们的摩托艇修好，以便逃之夭夭。船长考虑到他们持有武器，不主张蛮干，以避免船员无谓的牺牲。他的决定得不到船员和他儿子的理解，他们以为他胆小怕事，不敢与匪徒们斗争。为了逮住这伙穷凶极恶的罪犯，他们迫不及待地动手干起来，结果一名船员被杀害。船长反对他们的做法，他们却以为船长想和匪徒们妥协。这时，一名匪徒被厨师刺死，另外两名匪徒胁迫船员起锚开航。船长临危不惧，忠于职守，绝不让灯塔船离开岗位。最后，他舍身忘己，挺身向敌人的冲锋枪迎去。匪徒开了枪，他中弹倒地，其他船员一拥而上，乘机逮住了匪徒。

《灯塔船》的情节波澜迭起，环环相扣，动人心魄，很像惊险小说。其实，它是一篇反映德国乃至欧洲二十世纪五十年代社会状态的现实主义作品。小说通过灯塔船遇盗展开的一场劫船与反劫船的斗争，表达了作者的思想：战后的欧洲并非风平浪静，善良的人们对于破坏社会秩序的忘恩负义分子必须保持高度的警惕；一个人只要胸有正气，目标明确，不盲目行动，即使赤手空拳也能战胜暴力。小说寓意深刻，富有哲理性，在结尾中，弗莱塔克父子的对话耐人寻味："一切都正常吗？""一切正常。"这两句对话表明作者对动荡不安的现实世界抱乐观态度，并把恢复社会正常秩序的希望寄托在富有正义感的青年一代的身上，寄寓了作者对社会人生的哲理思考，同时，也给读者留下了一个生发联想的广阔天地。

赵燮生

译者简介：

赵燮生

德语翻译家，资深外国文学编辑。1969年毕业于南京大学德语言文学专业，原译林出版社编审，《译林》杂志副主编。翻译出版了多部译作，代表作有西格弗里德·伦茨的《灯塔船》，古斯塔夫·施瓦布的《希腊神话故事》，特奥多·施托姆的《茵湖梦》，斯蒂芬·茨威格的《断头女王》，儿童文学《豪夫童话全集》《黄瓜国王》《两个小洛特》等。

朱刘华

江苏如皋人，生于1966年，毕业于南京大学外文系德语专业，20世纪90年代初开始在《外国文艺》《世界文学》和《当代外国文学》等刊物上发表译作，已先后在中国大陆和台湾出版译作数十种，较新译作有《希特勒档案》《群》《矮人族三部曲》《蓝色》《男人一本书》《美狄亚：声音》《天使之城或弗洛伊德博士的外套》等。